AF891139

अनोखी यायावरी

विविध

अनोखी यायावरी

महेश चंद्र द्विवेदी

nbt.india
एकः सूते सकलम्

राष्ट्रीय पुस्तक न्यास, भारत
NATIONAL BOOK TRUST, INDIA

ISBN 978-81-237-8813-5
पहला संस्करण : 2019 *(शक 1941)*

Anokhee Yayavari *(Original Hindi)*

₹ 155.00

निदेशक, राष्ट्रीय पुस्तक न्यास, भारत
नेहरू भवन, 5 इंस्टीट्यूशनल एरिया, फेज-II,
वसंत कुंज, नई दिल्ली–110 070 द्वारा प्रकाशित
www.nbtindia.gov.in

अनुक्रम

ग्रेहाउंड के डर से नाड़ा-पकड़ दौड़

'ग्रेहाउंड' से यहाँ मेरा अर्थ इस नाम की कुत्तों की प्रजाति से नहीं है, वरन इस नाम से अमरीका में चलने वाली बसों से है जो यथा नाम तथा गुण हैं। अपनी अमरीका की यात्रा के दौरान बसों का नाम ग्रेहाउंड होना सुनकर मुझे बड़ा अजीब-सा लगा था। बसों को खतरनाक किस्म के कुत्तों का नाम देना भारतीयों को अजीब लगना स्वाभाविक ही है क्योंकि हमारे यहाँ बेचारे कुत्ते की न केवल दुर्दशा है वरन उसे हेय दृष्टि से भी देखा जाता है। मेरे हाई स्कूल के हिंदी के प्रश्न पत्र में जहाँ 'बेचारा कुत्ते की मौत मारा गया' पर वाक्य बनाने को कहा गया था, तो इंटरमीडिएट के प्रश्न पत्र में 'काटे चाटे स्वान के दोउ भाँति विपरीत' का अर्थ पूछा गया था। अमरीका में मनुष्यों की कुत्तों से इतनी प्रगाढ़ मित्रता (गुड फ्रेंडशिप) है कि अमरीकन लोग बच्चे पैदा करने और उन्हें पालने का झंझट मोल लेने से तो कतराते हैं, परंतु कुत्ते को पालकर साथ लिटाने, उससे अपना मुँह चटवाने तथा उसे टहलाते हुए उसकी विष्ठा पॉलिथीन के बैग में बटोरते रहने और घर पहुँचकर उसे अपने हाथ से शौचाने में आत्मिक सुख का अनुभव करते हैं। वे चाहे अपनी पत्नी और प्रेमिका को हर छठे-छमाहे बदलते रहें, लेकिन अपने कुत्ते से आजीवन प्रेम करते हैं; अपनी वसीयत में अपनी पत्नी के नाम कुछ छोड़ें या न छोड़ें, परंतु अपने कुत्ते या कुतिया के नाम अपनी संपत्ति का अच्छा-खासा अंश अवश्य लिख जाते हैं, जिससे उनकी मृत्यु के उपरांत कोई ट्रस्ट या क्लब उनके कुत्ते की देखभाल भलीभाँति करता रहे। स्पष्ट है कि बसों का नाम 'ग्रेहाउंड' अमरीकनों के इस कुत्ता प्रेम के कारण ही रखा गया होगा, न कि उसकी काटने हेतु दौड़ने की प्रवृत्ति के कारण, और न ही इसलिए रखा गया होगा कि हर कोई इन बसों को खजुहे कुत्ते की तरह दुरदुराता रहे।

मुझे अपनी पत्नी के साथ एक कवि सम्मेलन में भाग लेने एटलांटा से सिनसिनाटी जाना था और जेब में कड़की के कारण हवाई जहाज या रेल का किराया

खर्च करने की सामर्थ्य नहीं थी। एक भले भारतीय मित्र ने ग्रेहाउंड बस से सस्ते में सफर संभव होने की जानकारी दी। मैंने उन्हें हार्दिक धन्यवाद दिया और एक सप्ताह पूर्व क्रय करने पर आधी दर पर मिलने वाला टिकट अविलंब खरीद लिया। बस पौने दस बजे रात एटलांटा से चलनी थी और सुबह पाँच बजे लुईविल पहुँचने के बाद हमें वहाँ से छह बजे दूसरी बस पकड़कर साढ़े आठ बजे सिनसिनाटी पहुँचना था। अमरीकन भाषा में कहें तो 'ऑल सेट' था और केवल 39 डॉलर प्रति टिकट में एअरकंडीशंड बस से पाँच सौ मील की यात्रा संभव होने पर हम दोनों प्रसन्न थे।

दूसरे दिन एटलांटा निवासी एक मित्र के यहाँ हम दोनों डिनर पर आमंत्रित थे। उनके समक्ष हमारी एटलांटा से सिनसिनाटी की बस से यात्रा का जिक्र आया, तो उन्होंने ऐसा मुँह बनाया जैसे हमलोग आत्महत्या करने जा रहे हों और वह भी टिकट खरीदकर। वह गंभीर मुखमुद्रा बनाकर बोले, "मैं तो आपको रात में इतना बड़ा खतरा उठाने की राय कभी नहीं दूँगा। ग्रेहाउंड से यात्रा न केवल अत्यंत लो-लेवल यात्रा है वरन बड़ी जोखिम भरी हुई भी है, क्योंकि एटलांटा का बस स्टैंड डाउनटाउन 'सिटी-सेंटर' में स्थित है और वहाँ मुख्यतः ब्लैक लोग ही रहते हैं, जिनके लड़कों के विषय में एक सर्वे में पाया गया है कि उनमें से 50 प्रतिशत 18 वर्ष की आयु से पहले ही या तो जेल में बंद हो जाते हैं या आपसी हिंसक घटनाओं में मारे जाते हैं। फिर अगर आप डाउनटाउन में बच भी गए तो बसों में भी अधिकतर ब्लैक लोग ही चलते हैं, जो बड़े हॉट-हेडेड होते हैं और प्रायः आउट भी रहते हैं—पता नहीं उनमें से कौन कब किस यात्री अथवा ड्राइवर पर हमला कर दे।"

यह सुनकर अपनी तो सिट्टी-पिट्टी गुम हो गई—अनजाने देश में रात के अँधेरे में अगर किसी भीमकाय बॉक्सर ने एक घूँसा भी जमा दिया तो डॉक्टर के पास पहुँचाए जाने से पहले ही अल्लाह को प्यारे हो जाएँगे। अतः उस रात ऐसे खयालों के कारण अपने को नींद नहीं आई। दूसरे दिन और पूछताछ करने पर ज्ञात हुआ कि शराब के नशे में ड्राइवर पर हमला कर देने की दो घटनाएँ तो हाल में ही हो चुकी हैं, जिनमें से एक में ड्राइवर का गला काट दिए जाने से वह तो मर ही गया था, साथ में बस के एक्सिडेंट हो जाने के फलस्वरूप तीन यात्री भी मर गए थे। पर जिन सज्जन ने यह बात बताई, उन्होंने यह भी कहा, "यह ग्रेहाउंड की यात्रा त्यागने का पर्याप्त कारण नहीं है, क्योंकि इंडिया में क्या प्रायः लूटपाट की घटनाएँ बसों व ट्रेनों में नहीं होती रहती हैं?"

उनकी इस बात में हमें धैर्य दिलाने लायक कुछ भी न था। परंतु अन्य कोई उपाय न होने के कारण हमें ग्रेहाउंड की यात्रा करनी ही पड़ी।

यात्रा की रात बस स्टैंड पर आते समय रास्ते भर मेरी सभी इंद्रियाँ किसी भूतकाय व्यक्ति के हमले की आशंका में जाग्रत रहीं और मेरी धर्मपत्नी मन-ही-मन हनुमान चालीसा पढ़ती रहीं। वहाँ पहुँचकर देखता हूँ कि एटलांटा जितना फैला-फैला और हरा-भरा शहर है, उसका बस स्टैंड उतना ही सिमटा, सिकुड़ा और सूखा है। ग्रेहाउंड वालों को पता नहीं क्या सूझी कि उन्होंने बस स्टैंड की दीवारों को गहरे काले रंग से रंग रखा था और केवल काले रंग के लोगों को ही सिक्योरिटी, इन्क्वायरी, ड्राइवरी आदि की ड्यूटी में भर्ती कर रखा था। वहाँ अनेक बसों की प्रतीक्षारत सवारियों की भारी भीड़ थी और उनमें भी चहुँओर श्याम वर्ण की महिमा व्याप्त थी। प्रतीक्षालय में लगे एक मरियल एअरकंडीशनर को चिढ़ाती हुई गर्मी का साम्राज्य व्याप्त था। मेरे पास कन्फर्म टिकट पहले से होने के कारण हम सिनसिनाटी जाने वाली सवारियों के क्यू में जाकर खड़े हो गए। इधर-उधर देखने और पूछताछ करने पर पता चला कि हमें अपनी दोनों अटैचियाँ उसी तरह चेक-इन करानी हैं जैसे हवाई जहाज में कराते हैं। पर तब तक दस बजकर चालीस मिनट हो चुके थे और चेक-इन काउंटर पर लंबी लाइन लगी देखकर अपने को पसीना छूटने लगा। दौड़कर अटैचियाँ घसीटते हुए मैं इस क्यू में खड़ा हो गया और राम-राम कहते-कहते पंद्रह मिनट बाद अपना नंबर आया। चूँकि बस वहाँ से दिखाई नहीं दे रही थी, अतः धुकधुकी लगी रही कि बस छूट न गई हो। फिर चेक-इन काउंटर पर विराजमान महाशय सिरसा-सा मुँह फाड़कर बोले "योर फ़ान?"

उनके प्रश्न को न समझ पाने के कारण मैं उन्हें भकुआ-सा देखने लगा। मुझे चकराया देखकर वह पुनः बोले, "फ़ान? फ़ान?"; मैं फिर भी उनका मुँह ताकता रहा। तब मुझे नाख्वांदा और जाहिल समझकर वह अपने हाथ को माउथपीस की शक्ल देकर कान के पास ले गए। तब मैंने उनका आशय समझकर अपने मेजबान का फ़ोन नंबर बता दिया। फिर अटैचियों पर चेक-इन का टैग लग जाने के बाद मैं उन्हें घसीटता हुआ दौड़कर वापस पुराने क्यू में लग गया। बस का अभी तक कोई अता-पता नहीं था और भारतीय रेलवे स्टेशनों की तरह उसके विषय में माइक पर कोई जानकारी भी नहीं दी जा रही थी। गर्मी के मारे सभी यात्री बेहाल हो रहे थे। ग्यारह बजे रात में जब हमारा गेट, लुईविल जाने वाले यात्रियों के क्यू के सामने का गेट, खुला तब तक हमें भलीभाँति विश्वास हो चुका था कि लेट चलने वाली बसों के समय के विषय में यात्रियों से जानकारी छिपाने में ग्रेहाउंड बस सेवा भारतीय रेल से काँटे की टक्कर ले सकती है।

हमारे बस में घुसने से पहले ही अन्य यात्रियों ने हर बर्थ की किनारे की सीट

पहले से कब्जिया ली थी, अतः मुझे और मेरी पत्नी को मजबूरन अलग-अलग बैठना पड़ा। मेरी बगल में एक ब्लैक नवयुवक बैठा हुआ था। गर्मी और तनाव के कारण मुझे खखार आ रही थी। मुझे बार-बार खखारते देखकर वह बड़ी बदतमीजी से गैलरी की ओर उँगली दिखाते हुए बोला, ''नेक्स्ट टाइम इफ यू हैव टु डू उहूँ, उहूँ, देन यू शुड स्टैंड अप एंड गो देयर।''

यद्यपि मुझे पहले से डरा दिया गया था कि बस में यात्रियों से पंगा मत लेना क्योंकि पता नहीं कौन कितनी और क्या पीकर बैठा हो, तथापि मैंने साहस बटोरकर कहा, ''इफ यू हैव एनी प्रोब्लेम, ह्वाई डोंट यू चेंज योर सीट?''

इस पर उसने अकड़कर जवाब दिया–

''व्हाई शुड आई? यू शुड।''

ऐसे में मैंने मौन साध जाने में ही अपना कल्याण समझा, क्योंकि मुझे बताया गया था कि पता नहीं रहता है कि इन लोगों में कौन कब, क्यों, और कौन-सा हथियार निकालकर उसका प्रयोग कर दे।

रास्ते में लगभग एक बजे रात एक कस्बा आने पर ड्राइवर ने अपने अफ्रीकन एक्सेंट और अपनी स्पेशल अंग्रेजी में माइक पर कुछ घोषणा की, जिसका अर्थ मैं यह समझा कि बस दस मिनट वहाँ रुकेगी और मैं हाथ-पैर सीधा करने के उद्देश्य से नीचे उतरकर टहलने लगा। तभी ड्राइवर ने बस का दरवाजा बंद कर बस चला दी। मेरी धर्मपत्नी, जो बस में ही थीं, ने दौड़कर उससे बस रोकने की अनुनय की, तब उसने बस तो रोक दी, पर मेरे बस में चढ़ने पर काले स्याह चेहरे पर लाल आँखें तरेरकर न जाने क्या बुदबुदाया। होते-करते सात बजे सुबह हमारी बस लुईविल पहुँची जबकि सिनसिनाटी जाने वाली पहली बस छह बजे जा चुकी थी। वहाँ पूछने पर बताया गया कि अगली बस साढ़े आठ बजे मिलेगी। हमलोग आठ बजे से फिर क्यू में लग गए, जिससे अबकी बार साथ-साथ बैठने को मिल जाए। अब क्यू में लगे-लगे साढ़े आठ, नौ, साढ़े नौ, दस बजने लगे, पर न तो बस आई और न कोई यह बताए कि कब आएगी। राम-राम कहते सवा दस बजे बस आई और हमलोग साढ़े बारह बजे सिनसिनाटी पहुँच ही गए।

पर उस समय हम इस हाल में थे कि जैसे ग्रेहाउंड कुत्ते द्वारा दौड़ाए जाने पर पाजामे का नाड़ा पकड़कर भागते आ रहे हों।

रहस्यों का देश मिस्र

अफ्रीका महाद्वीप स्वयं में रहस्यों का भंडार है। किशोरावस्था में मैंने जब राइडर हैगर्ड का उपन्यास 'शी' पढ़ा था, तभी से अफ्रीका के रहस्यमय संसार के प्रति मन में बच्चों जैसा कौतूहल व्याप्त हो गया था और अनिंद्य सुंदरी अक्षतयौवना 'शी' के प्रति अमिट काल्पनिक आकर्षण भी घर कर गया था। अफ्रीका में मानव का प्रथम प्रादुर्भाव होने, अफ्रीका में अनोखे वनों एवं अनोखे वन्यजीवों के पाए जाने तथा अफ्रीका की आदिम जातियों में वीभत्स एवं रोमांचकारी रीति-रिवाजों के विद्यमान होने के ज्ञान ने अफ्रीका के प्रति मेरा आकर्षण और बढ़ा दिया था। इसलिए जब वर्ष 2016 के अंतरराष्ट्रीय हिंदी सम्मेलन के मिस्र में आयोजित होने की सूचना मिली थी, तो कतिपय विपरीत परिस्थितियों के होते हुए भी मैंने उसमें सम्मिलित होने हेतु हामी भर दी थी। विपरीत परिस्थितियों में प्रमुख थी मिस्र में सुरक्षा एवं शांति की स्थिति। मैंने गूगल महाराज से जब इस विषय में पूछा, तो उन्होंने जो बताया था, वह बहुत आश्वस्तकारी नहीं था, "ब्रिटेन की सरकार ने इस विषय में अपने नागरिकों के लिए सलाह निर्गत की है कि उत्तरी साइनाई क्षेत्र में कतई न जाएँ, दक्षिणी साइनाई क्षेत्र के शर्म अल-शेख एवं पश्चिमी मिस्र में केवल अपरिहार्य होने पर ही जाएँ। मध्य क्षेत्र के काहिरा, अलेक्जांड्रिया आदि में जाने से पहले वहाँ की स्थिति ज्ञात कर लें... मिस्र में यदि किसी स्थान पर भीड़ इकट्ठी हो और झगड़ा या आंदोलन हो रहा हो, तो वहाँ से अविलंब खिसक लें।"

साहित्य सम्मेलन का आयोजन काहिरा एवं अलेक्जांड्रिया में 29 जनवरी से 3 फरवरी, 2016 के मध्य होना था। इस आयोजन से लगभग सप्ताह भर पहले काहिरा से सटे हुए नगर गीजा में एक घर में पुलिस की रेड के दौरान विस्फोट से कुछ व्यक्तियों के मरने की खबर आई थी, अतः मन में अनहोनी का एक भय अवश्य समा गया था। मेरी पत्नी नीरजा ने तो यहाँ तक कह दिया था कि लगता है मिस्र में हम अपने पिरामिड बनवाने जा रहे हैं।

निर्धारित कार्यक्रम के अनुसार मैं एवं मेरी पत्नी नीरजा द्विवेदी एअर इंडिया के विमान से 28 जनवरी को 2 बजे दिन में मुंबई पहुँच गए थे। वहाँ एअरपोर्ट से 235/–रुपये में प्री-पेड टैक्सी लेकर एस-रेजिडेंसी होटल चले गए थे। वहीं पर देश के विभिन्न भागों से आने वाले पचास लेखकों एवं कलाकारों को रात्रि-विश्राम करना था। कुवैत एअरवेज का वह जहाज, जिसे हमें लेकर कुवैत तक जाना था, दूसरे दिन साढ़े पाँच बजे प्रातः जाना था। हम दोनों होटल के रजिस्टर में अपना आगमन लिखा ही रहे थे कि दिल्ली से आभा चौधरी एवं मंजु जी आ गईं और फिर अन्य प्रतिभागियों का आना लगा रहा। सायंकाल हमें रायपुर से पधारे जे.आर. सोनी के कमरे में एकत्र होने की सूचना दी गई। वहाँ हमें वे प्रतीक चिह्न, जो सोनी जी हमारे लिए लाए थे, बाँट दिये गए। ये प्रतीक चिह्न काहिरा में सम्मेलन के दौरान हम सब प्रतिभागियों को औपचारिक रूप से दिए जाने थे। सोनी जी ने इन्हें यहीं बाँटने का कारण बताया कि प्रतीक चिह्नों का वजन अधिक है और उन्हें उनके स्वयं के सामान के साथ तुलवाने में बहुत चार्ज लगेगा, जबकि सबके सामान के साथ एक-एक बाँट देने में मुफ्त में ले जाए जा सकेंगे। वहाँ पर हमारा परिचय कथक नृत्यांगना अनुराधा दुबे एवं ममता अहार, वाराणसी की प्रोफेसर डॉ. मुक्ता, महाराष्ट्र की प्रो. डॉ. मीनाक्षी जोशी, सेवा शंकर अग्रवाल, मीना अग्रवाल आदि से हुआ। इनमें से डॉ. मीनाक्षी जोशी हमें पहले दुबई में मिल चुकी थीं।

होटल में एक ही कार थी, जिसे हम सबको कई बार में रात्रि में एअरपोर्ट पहुँचाना था। अतः मैं, मेरी पत्नी नीरजा, मीनाक्षी जोशी और शिखा रात्रि एक बजे ही वहाँ से चल दिए थे। नीरजा को लंबी दूरी तक पैदल चलने में कष्ट होने के कारण उनके लिए व्हीलचेयर ले ली थी, जिसके कारण उन्हें और मुझे प्रत्येक जाँच-पड़ताल के स्थान पर प्राथमिकता मिली थी। अतः वह और मैं औरों से एक घंटे पहले ही सिक्योरिटी चेक के उपरांत डिपार्चर लाउंज में पहुँच गए थे। कुछ समय पश्चात एअरलाइंस के एक कर्मचारी ने मेरा नाम पुकारा और मेरे निकट पहुँचने पर बताया कि हम दोनों के टिकट को इग्जेक्यूटिव क्लास में अपग्रेड कर दिया गया है। यह सुनकर मैं अचंभित हुआ, परंतु प्रकटतः केवल थैंक्स बोला। नीरजा भी आश्चर्यचकित हुईं और मुझसे अलग से बोलीं, ''चलो, मेरी भी इग्जेक्यूटिव क्लास में सफर करने की अभिलाषा पूरी हो गई।'' इस अपग्रेडेशन का कारण तो मुझे आज तक नहीं ज्ञात हुआ, परंतु हमने अनुमान लगाया कि हो सकता है कि यह मेरे बेटे द्वारा एअरपोर्ट के एक जान-पहचान वाले अधिकारी को हमलोगों का खयाल रखने हेतु फोन कर देने के कारण हुआ हो।

मुंबई से प्लेन दो घंटे देर से उड़ा। यद्यपि कारण की घोषणा नहीं हुई, परंतु उड़ती हुई खबर मिली कि हमारे प्लेन का दरवाजा बंद हो गया था और खुलने से साफ मना कर रहा था। मिस्त्रियों द्वारा उसकी मान-मनौवल कर खोलने में दो घंटे का समय लग गया। तब नीरजा बोलीं, ''अब तो लगता है कि यह जहाज मिस्र में हमारे पिरामिड बनने देने की बजाय रास्ते में ही कहीं दुर्गम रेगिस्तान में हमारी हड्डी-पसली बिखेरेगा।''

नीरजा ने मुंबई एअरपोर्ट पर एक और खास बात मुझे ध्यान दिलाई कि वहाँ प्रत्येक घोषणा केवल अंग्रेजी में हो रही थी, जबकि आगे कुवैत में हमने पाया कि अरबी और अंग्रेजी के अतिरिक्त हिंदी में भी घोषणाएँ हो रही थीं। तब हमें ज्ञात हुआ कि दूसरे तो हमारी भाषा को सम्मान देते हैं, बस हमें अपनी भाषा को सम्मान देने में अपनी नाक नीची होती हुई लगती है।

कुवैत की यात्रा लगभग चार घंटे की थी। इग्जेक्यूटिव क्लास में एअरहोस्टेस हमारा विशेष खयाल रख रही थी। हमारे अन्य साथी इकॉनॉमी क्लास में थे, अतः हमें अपने को विशेष होने की अनुभूति भी हो रही थी। प्लेन के उड़ने के पश्चात देर तक अँधेरा रहा, परंतु कुवैत आने से पहले ही नीचे देखने पर धूप में वहाँ के बहुमंजिले भवन, ऊँची-ऊँची अट्टालिकाएँ और स्थान-स्थान पर तेल के कुएँ तथा तेल ले जाने के पाइप दिखाई देने लगे थे। रेतीली और पथरीली धरती पर हरियाली कहीं भी दिखाई नहीं दे रही थी, पर तेल ले जाने के अनेक पाइप अवश्य हरे रंग से रँगे हुए थे। मैंने पढ़ रखा था कि कुवैत दुनिया के सबसे धनी देशों में एक है। अतः यह देखकर मुझे आश्चर्य हुआ कि कुवैत का एअरपोर्ट छोटा और पुराने प्रकार का था और हमें जहाज से वेटिंग-लाउंज तक बस से आना पड़ा था। हमारे वेटिंग-लाउंज में सभी यात्रियों के बैठने भर को भी स्थान नहीं था। बाद में मुझे दुबई में रहने वाले अपने एक संबंधी से पता चला कि शेखों के जिस खानदान का कुवैत पर शासन है, उसके लोग देश की प्रगति की सोचने की बजाय आपसी कलह एवं अय्याशी में अधिक व्यस्त रहते हैं। देर से पहुँचने के कारण हमें वहाँ अधिक प्रतीक्षा नहीं करनी पड़ी। कुवैत और भारत का समय-अंतराल ढाई घंटे का था। वहाँ से काहिरा की यात्रा लगभग तीन घंटे की थी और कुवैत से काहिरा का समय-अंतराल एक घंटे का था। जहाज के कुवैत से आगे बढ़ते ही रेगिस्तान व पथरीली पहाड़ियों का अनंत विस्तार दिखाई देने लगा था—न कोई गाँव, न आदमी, न पशु-पक्षी और न वृक्ष। रेगिस्तान और पथरीली पहाड़ियों पर अनंत काल से पड़ने वाली तेज गर्मी और तेज हवा की मार से खिंची रेखाएँ हवाई जहाज से देखने पर जलधारा का भ्रम

उत्पन्न कर रही थीं। उस दृश्य का अपना रोमांच था। एक स्थान पर पानी की एक बड़ी झील दिखाई दी। इस विस्तृत जलाशय के चारों ओर सड़क बनायी गई थी एवं उसके किनारे घर बने हुए थे। झील के पानी का रंग गहरा नीला दिखाई दे रहा था, जिससे स्पष्ट था कि जल स्वच्छ था। काहिरा के निकट पहुँचने पर हमें दूर से बहुत चौड़े फाँट वाली जल से लबालब नील नदी, उसमें चलती बड़ी-बड़ी नावें और उसके किनारों पर निर्मित अथवा निर्माणाधीन बहुमंजिली अट्टालिकाएँ दिखाई देने लगी थीं। हम लगभग तीन बजे दिन काहिरा एअरपोर्ट पहुँच गए थे। हम वीसा लेकर नहीं गए थे, क्योंकि मिस्र में भारतीयों को एअरपोर्ट पहुँचने पर वीसा मिल जाता है। अहमद नाम के गाइड ने हमारा स्वागत किया और लगभग एक घंटे में ही हम सब को वीसा दिलवा दिया। मैंने बाद के दिनों में पाया कि मिस्र में अधिकांश गाइड, वेटर, ड्राइवर आदि का नाम अहमद से प्रारंभ अथवा समाप्त होता था। यह वैसे ही था जैसे हमारे यहाँ अधिकांश नामों का एक भाग राम या कृष्ण होता है। मुझे यह देखकर आश्चर्य हुआ कि काहिरा का एअरपोर्ट भी पुराना-सा था और साफ-संफाई में हमारे लखनऊ के एअरपोर्ट के स्तर का भी नहीं था। वहाँ से बाहर निकलकर जब हमलोग दो बसों में बैठकर गीजा स्थित 'पिरामिड पार्क्स रिसॉर्ट', जहाँ हमारे रुकने का प्रबंध था, के लिए चले, तब देखा कि वहाँ एक नए एअरपोर्ट का निर्माण प्रारंभ हो चुका था। आगे राष्ट्रीय पुलिस अकादमी एवं अन्य भव्य परिसरों तथा आवासिक भवनों का निर्माण हो रहा था। स्पष्ट था कि भविष्य में यह नया काहिरा बनने वाला था। अहमद ने बताया कि काहिरा के फ्लैट्स बहुत महँगे बिकते हैं। गीजा आजे-आते दिखाई पड़ा कि अनेक आवासों की दीवारों पर प्लास्टर नहीं किया गया था, जिससे उनका मूल्य ऐसा रहे कि मध्य वर्ग के लोग भी उन्हें क्रय कर सकें। रास्ते में हमें दूर से पिरामिड भी दिखाई दिए।

अहमद ने बताया कि मिस्र देश की केवल छह प्रतिशत भूमि ही उपजाऊ है और 94 प्रतिशत रेगिस्तान या सूखा पहाड़ है। मिस्र देश की 10 करोड़ आबादी मुख्यतः नील नदी के दोनों किनारों पर ही बसी है। नील नदी युगांडा देश में स्थित विशाल आकार की विक्टोरिया झील से निकलकर उत्तर दिशा में बहती है। यह संसार की सबसे लंबी नदी है। अनेक देशों में बहती हुई यह नदी 6700 किलोमीटर का सफर तय करके भूमध्य सागर में गिरती है। प्रारंभ में इसे व्हाइट नील नदी कहते हैं। आगे चलकर इथिओपिया देश से ब्लू नील इसमें आकर मिल जाती है। मिस्र देश में दक्षिण से उत्तर दिशा में बहकर यह मिस्र देश को पूर्वी एवं पश्चिमी भागों में बाँटती है। फैरोज के जमाने से मान्यता है कि पूर्वी भाग जीवित लोगों का देश है, अतः सभी

प्राचीन महल व बाग-बगीचे पूर्वी भाग में ही बने हैं। पश्चिमी भाग मृत्यु के उपरांत जीवन का देश है, अतः प्राचीन काल के सभी पिरामिड, कब्र आदि जिनमें मृत्योपरांत शरीरों को रखा जाता था, पश्चिमी भाग में हैं। इस मान्यता का आधार सूर्य का पूर्व से उदय होना और पश्चिम में अस्त होना भी है। काहिरा और गीजा नगरद्वय (ट्विन-सिटीज) हैं। नील नदी के पूर्वी भाग पर अधिकांश काहिरा बसा है और पश्चिमी पर अधिकांश गीजा। काहिरा और गीजा की स्थायी आबादी 1.8 करोड़ है और लगभग 40 लाख लोग बाहर से प्रतिदिन यहाँ काम पर आते हैं। मिस्र के सबसे बड़े पिरामिड गीजा में ही हैं। गीजा में हमारे रुकने का पिरामिड पार्क्स रिसॉर्ट सचमुच भव्य एवं सुंदर था—लंबी-चौड़ी लॉबी, विशाल स्विमिंग-पूल और दूर-दूर स्थित रहने के कमरे।

यद्यपि मध्याह्न भोजन का समय निकल चुका था, परंतु हमलोगों के लिए लंच रोक रखा गया था, जिसे खाकर और एक घंटा विश्राम करने के उपरांत हमलोग नील नदी पर क्रूज का आनंद उठाने चल दिए। जब हम नील नदी के तट पर पहुँचे, अंधकार हो चुका था और किनारे पर स्थित होटलों एवं जल में पड़ी दुल्हन-सी सजी-धजी नौकाओं की लाइट्स को ऑन कर दिया गया था। नील नदी के किनारे दूर-दूर तक एक-से-एक भव्य रूप में स्वर्णिम रंगों में सजी जगमगाती नावों की कतार थी। किनारे पर अनेक स्वर्णिम रंग की फैरोज व उनके पारिवारिक सदस्यों की विशालकाय मूर्तियाँ एवं पिरामिड के प्रतिरूप आदि बने हुए थे। ये सब नदी के किनारे के मध्यम रखे गए प्रकाश में एक इंद्रलोक की रहस्यात्मक सुंदरता उत्पन्न कर रहे थे। हमारी क्रूज-बोट का नाम भी फैरो ही था। प्रवेश-मार्ग पर हमारा स्वागत फैरो जैसे वस्त्र पहने एक भीमकाय काले पुरुष ने किया। उसकी आकृति के समक्ष हम सभी बौने लग रहे थे। हममें से अधिकांश ने उसके साथ फोटो खिंचवाए।

क्रूज बोट में हम सब के लिए करीने से डाइनिंग टेबल्स लगी हुई थीं। मधुर भारतीय एवं मिस्री संगीत बज रहा था। हमारे पहुँचने के बाद शीघ्र ही बोट चल पड़ी थी। वहाँ से किनारे पर स्थित जगमग-जगमग कर रहे बहुमंजिली होटलों की छटा अवर्णनीय लग रही थी। नदी में पीछे छूटती तरंगों का कलरव अत्यंत कर्णप्रिय लग रहा था। शीघ्र ही भोजन परोसा जाने लगा। इसमें अधिकांश भारतीय व्यंजन थे।

भोजनोपरांत प्रारंभ हो गया सांस्कृतिक कार्यक्रम—अर्थात् भारतीय एवं मिस्र के संगीत पर नृत्य, बेली-डांस एवं प्रकाश-पुंज युक्त परिधान पहिनकर घुमावदार मिस्री नृत्य। बेली डांस पहले मैं दुबई में देख चुका था। यहाँ भी उसी प्रकार वाद्य-यंत्र की मंत्रमुग्ध करने वाली लय-ताल पर नृत्यांगना अपनी कमर के ऊपरी भाग को हिला

रही थी। अंतर केवल इतना था कि यहाँ नर्तकी हमलोगों के बहुत निकट आ जाती थी और अपने साथ फोटो खिंचाने को प्रेरित करती थी। हममें से अनेक ने स्वयं भी पैर चलाकर, कमर मटकाकर अथवा कंधे हिलाकर डांस का आनंद लिया।

क्रूज-बोट पर दो घंटे धमाचौकड़ी करने के उपरांत हमलोग रिसॉर्ट में आकर सो गए। मैंने सोने से पहले अपने कमरे में लटकता बड़ा-सा पर्दा हटाकर बाहर देखा तो आकाश में छाए बादल दूर-दूर तक अंधकारमय सन्नाटा उत्पन्न कर रहे थे। हलकी-सी रिमझिम भी प्रारंभ हो गई थी। ऐसे में निकटस्थ पिरामिडों में सहस्रों वर्षों से सोये हुए फैरो एवं उनकी अद्वितीय सुंदरी रानियों का ध्यान में आना स्वाभाविक था। इस रहस्यमय रोमांच को चलचित्र सम सोते में चलते रहने देने के उद्देश्य से मैंने पर्दा बंद कर दिया और कंबल ओढ़कर सो गया। पता नहीं रात्रि में उस रोमांच का तारतम्य चला या नहीं, पर सुबह जब जागा तो बाहर अच्छी खासी वर्षा हो चुकी थी और हवा में ठंड थी। हम दोनों जल्दी-जल्दी तैयार होकर डाइनिंग हॉल को चल दिए। नाश्ते के बाद 9 बजे से कन्वेंशन हॉल में साहित्यिक-सांस्कृतिक सम्मेलन का आयोजन था।

कन्वेंशन हॉल अधोतल पर था, पर इतना बड़ा था कि आसानी से 250-300 लोग भाग ले सकें। मंच पर नौ व्यक्तियों के बैठने के लिए स्थान था—आठ विशिष्ट अतिथि एवं एक संचालक। कार्यक्रम पाँच सत्रों में बँटा था—आयोजकों द्वारा प्रथम सत्र का अध्यक्ष मुझे मनोनीत किया गया था। इस सत्र में उद्घाटन, विमोचन एवं सम्मान समारोह आयोजित हुए थे। इसी सत्र में नीरजा द्विवेदी की नवप्रकाशित पुस्तक 'रुहेलखंड के परम्परागत लोकगीत' का लोकार्पण भी किया गया। अन्य सत्रों में साहित्यिक वार्ता, रचना-पाठ, सांस्कृतिक कार्यक्रम एवं पुरस्कार, प्रतीक चिह्न वितरण समारोह आयोजित हुए। अंतिम सत्र में मुझे प्रो. सहदेव सिंह स्मृति सम्मान दिया गया। यह जानकारी होने पर कि महान सामाजिक विचारक एवं लेखक प्रो. सहदेव सिंह मेरे मूल निवास के जनपद इटावा के ही रहने वाले थे, मुझे आत्मिक आनंद की अनुभूति हुई।

सांस्कृतिक सत्र बड़े मनोरंजक थे। प्रसिद्ध नृत्यांगना अनुराधा दुबे, ममता अहार, काजल और चित्र जांगिड़ ने कथक नृत्य एवं नृत्य-नाटिकाओं के अविरल प्रदर्शन से समा बाँध दिया था। हम सभी ने उनके नृत्य की भूरि-भूरि प्रशंसा की।

31 जनवरी को प्रातः 9 बजे मौसम साफ था और ठंडक वैसी ही थी जैसी उत्तर भारत के दिल्ली, लखनऊ आदि नगरों में इन दिनों रहती है। तभी हमलोग दो बसों में

अलेक्जांड्रिया के लिए चल दिए थे। मिस्र के उत्तरी भाग में भूमध्य सागर के किनारे स्थित यह मिस्र का दूसरा सबसे बड़ा नगर है। हमारी बस में गाइड थी रिहाब–एक सुंदर लड़की, जो खूब पढ़ी-लिखी थी एवं राष्ट्रीय तथा अंतरराष्ट्रीय मसलों की अच्छी जनकार भी थी। एक सहयात्री के पूछने पर उसने बिना किसी झिझक के बताया था कि वह तलाकशुदा है और एक बच्चे की माँ है। वह सिर तो अवश्य ढके हुए थी परंतु एक पाश्चात्य सभ्यता की लड़की की भाँति खुलेपन का एवं आत्मविश्वासमय व्यवहार कर रही थी। बाद में मैंने दूसरी बस की गाइड को रिहाब के विषय में कहते सुना था कि 'शी इज दि बेस्ट गाइड इन इजिप्ट।'

रिहाब ने जब मिस्र के विषय में बताना प्रारंभ किया तो हम सब एकाग्रचित्त हो उसे सुनते रहे। उसने बताया कि अलेक्जांड्रिया मिस्र के इतिहास का एक महत्वपूर्ण भाग रहा है। मिस्र का ज्ञात इतिहास 2660 ईसा पूर्व से प्रारंभ होता है और ईसा पूर्व 331 तक यहाँ मिस्री फैरोज का आधिपत्य रहा, परंतु 331 ईसा पूर्व में अलेक्जांडर द्वारा यहाँ आकर अलेक्जांड्रिया नगर बसाया गया और फिर लगभग 300 वर्षों तक यहाँ टोलेमी वंश के ग्रीक्स का प्रभुत्व रहा। यद्यपि पहले भी यहाँ एक छोटा-सा नगर था, परंतु इसका स्वर्णिम काल 331 ईसा पूर्व में अलेक्जांडर द्वारा इसको जीतने एवं उसके साथी टोलेमी द्वारा इसका व्यापारिक केंद्र के रूप में निर्माण करने के पश्चात प्रारंभ हुआ। अलेक्जांडर की मृत्यु के बाद टोलेमी उसके पार्थिव शरीर को यहीं लाया था और उसे वहीं दफनाया था। 32वीं ईसा पूर्व जुलियस सीजर ने इसे जीता और रोम का आधिपत्य स्थापित किया। जुलियस सीजर और यहाँ के टोलेमी वंश की अतीव सुंदरी राजकुमारी क्लियोपैट्रा की प्रेम कहानी तो जगप्रसिद्ध है ही। यह नगर प्रकृति की मार की चपेट में भी आ चुका है–21 जुलाई, 365 ई. को सुनामी में यह नगर नष्ट हो गया था और उसके अवशेष अभी भी समुद्र तल में मिलते हैं। सन् 641 ई. में मुहम्मद साहब ने यहाँ इस्लाम का प्रभुत्व स्थापित किया और अधिकांश देशवासियों को मुस्लिम बना दिया। फिर यह इस्लाम, यहूदी, तुर्की और अंग्रेजों के प्रभाव में रहा। सन् 1956 ई. में सुएज कैनाल के प्रकरण में वर्चस्व प्राप्त करने के उपरांत मिस्र विदेशी प्रभाव से पूर्णतः मुक्त एवं स्वतंत्र हुआ।

अलेक्जांड्रिया में हम सबसे पहले 'द गार्डेन' देखने गए। यह स्थान सागर के तट पर है। यहाँ 1890 ई. में निर्मित मुर्तजा-महल है। छुट्टी का दिन होने के कारण हम महल देखने अंदर नहीं जा सके, परंतु गेट के बाहर से हम सबने खूब फोटो खींचे। महल तो एक बड़े होटल के भवन जैसा लग रहा था, परंतु उसके चारों ओर करीने से लगाये गए खजूर और ताड़ के वृक्षों का लंबा-चौड़ा बगीचा, ऊँचे-नीचे टीले

और सामने हहराता सागर अत्यंत मनोहर लग रहे थे।

लगभग एक घंटा वहाँ बिताने के बाद हम ऐतिहासिक लाइटहाउस एवं वहीं बना कैसल देखने गए। कहते हैं कि यह दुनिया के सबसे पुराने लाइटहाउसों में से है। अब इसका उपयोग केवल टूरिस्ट-एट्रैक्शन की भाँति किया जाता है। यहाँ से हम विश्व प्रसिद्ध अलेक्जांड्रिया लाइब्रेरी देखने गए।

यह लाइब्रेरी 300 ईसा पूर्व के आसपास स्थापित हुई थी और कहा जाता है कि उस काल में इतनी बडी लाइब्रेरी विश्व में नहीं थी। वर्ष 2002 ई. में इस लाइब्रेरी का पुनर्निर्माण एवं आधुनिकीकरण किया गया। अब इसमें एक साथ 2000 लोगों हेतु वाचनालय है, और प्रत्येक व्यक्ति हेतु कंप्यूटर आदि की व्यवस्था है। यह विश्व का सबसे बड़ा वाचनालय है। इसकी दीवारों पर मिस्र की प्राचीन हाइरोग्लाइफिक लिपि में वह सब लिखा हुआ है, जो शिलालेखों पर लिखा पाया गया है। इसमें ऐसे कक्ष भी हैं जहाँ पढ़ने के अतिरिक्त प्राचीन वास्तुकला व चित्रकला भी सीखी जा सकती है, तथा प्राचीन मूर्तियों, चित्रों और सिक्कों को देखा जा सकता है। इस पुस्तकालय में ज्ञान प्राप्त करने हेतु मिस्र, अरब, तुर्की, इजरायल, ग्रीस आदि अनेक देशों से ज्ञान पिपासु प्राचीनकाल से यहाँ आते रहे हैं।

पहली फरवरी की प्रातः धूप खिली हुई थी और थोड़ी गर्मी भी हो रही थी। हमलोग साढ़े आठ बजे ही तैयार होकर सकारा के लिए निकल पड़े थे। सकारा में जोजर नाम के राजा का सबसे पुराना पिरामिड है। इसे दुनिया का सबसे पहला मनुष्यों द्वारा किया गया ऐसा निर्माण, जो आज तक साबुत बचा हुआ है, माना गया है। यह बस से गीजा से लगभग एक घंटे की दूरी पर स्थित है। हमें रास्ते में प्रायः वैसे ही सामान्य स्तर एवं सामान्य रखरखाव के गाँव व मकान मिले, जैसे अपने भारत के गाँवों-कस्बों में मिलते हैं। रिहाब ने बताया कि मिस्र के लोग सामान्यतः गेहूँ खाते हैं और वही अधिकांश पैदा भी होता है। मिस्र में देश भर में वर्षा का वार्षिक औसत महज 2 मिलीमीटर है तो चावल कहाँ से पैदा होगा! इथिओपिया से आने वाली नदी ब्लू नील पर वह देश एक बाँध बनाने वाला है, जिसका मिस्र की सरकार विरोध कर रही है, क्योंकि इससे मिस्र आने वाली नील नदी में पानी की उपलब्धता काफी कम हो जाएगी। यदि इथिओपिया न माना, तो हो सकता है कि विश्व का प्रथम जल-युद्ध यहीं हो।

सकारा पहुँचते ही दूर से बालू के ढेर और उन पर बने जोजर के छह-मंजिले पिरामिड के अतिरिक्त अनेक छोटे-मोटे पिरामिड (अथवा कब्र) दिखाई देने लगे थे। मुख्य पिरामिड के गेट पर ऊँट वाले, गदहे वाले और गाइड पर्यटकों की प्रतीक्षा करते हुए मिले। रिहाब ने हमें आगाह कर दिया था कि ये सभी भाँति-भाँति से मिन्नत

करके हमें उनकी सवारी करने को मजबूर करेंगे, परंतु पूर्व निर्धारित दूरी का रेट तय किए बिना उन पर मत बैठिएगा, नहीं तो बाद में लंबी रकम देने को मजबूर करेंगे। किसी भी हालत में इन पर बैठकर रेगिस्तान में दूर मत जाइएगा, नहीं तो मुँहमाँगी रकम न देने पर आप को वहीं छोड़कर वापस चल देंगे। वह रेट के विषय में कोई मदद नहीं कर पाएगी क्योंकि उससे आशा की जाती है कि वह अपने देशवासियों का साथ दे, न कि विदेशियों का।

पिरामिड तक पहुँचने से पहले हमें लाल पत्थर के एक विशालकाय गेट से घुसना पड़ा। इसके आगे 42 बड़े-बड़े नक्काशीदार खंभे थे, जो 26-27वीं ईसा पूर्व, जब यह पिरामिड बनाया गया था, की वास्तुकला का उत्कृष्ट नमूना थे। रिहाब ने बताया कि मिस्र के राजा को मारकर उसके 42 टुकड़े कर दिये गए थे। उसी की स्मृति में 42 खंभे बनाये गए हैं। तब से मिस्र में 42 एक पवित्र संख्या मानी जाती है। बाद में बड़ा-सा कक्ष था। दूसरे छोर पर पहुँचते ही रेत का विशाल मैदान और उस पर 62 मीटर ऊँचा छह मंजिला पत्थर का विशाल स्तूप था। इसी के अंदर जोजर अपनी रानियों व दास-दासियों के साथ ठाठ से जीवनोपरांत जीवन बिता रहा था। आजकल इस पिरामिड की मरम्मत का कार्य चल रहा था, अतः किसी पर्यटक को अंदर जाने की अनुमति नहीं थी। हमलोग पिरामिड के निकट तक गए और पिरामिड के तथा निकटस्थ अनेक कब्रों के चित्र खींचे। लौटने पर देखा कि इस बीच हमारे एक साथी ने एक ऊँटवाले के रिझाने पर 10 इजिप्शन पाउंड—लगभग 80 रुपये—में उसके ऊँट पर बैठने की बात स्वीकार कर ली थी। उसके ऊँट की पीठ पर सवार होकर ऊँट के खड़े हो जाने के बाद ऊँटवाले ने कहा, 'पिरामिड तक—लगभग 100 मीटर—ले चलूँ' और यह महाशय शान से बोले, 'क्यों नहीं?'। लौटने पर ऊँटवाला 25 पाउंड लेने पर अड़ा था और साथी महाशय भौचक थे। अंत में 25 पाउंड देकर ही इनका पीछा छूटा। उसी समय एक और उल्लेखनीय घटना घटी। हम वापसी में गेट से निकलने वाले थे कि एक लंबी सुंदर-सी युवती, जो हरे दुपट्टे से अपना सिर ढके थी, पास आकर हिंदी में बोली, "आपलोग कहाँ से आए हैं?" हमारे 'इंडिया' कहने पर मुस्कराते हुए बोल पड़ी, "अच्छा, तो आप हमारे दुश्मन मुल्क से हैं!" हमारे साश्चर्य उसकी ओर देखने पर बोलने लगी कि वह पाकिस्तान से है और हमलोगों को देखकर अपनापन जागने के कारण पूछ बैठी थी। हमलोग भी मुस्करा पड़े और हमने उससे कुछ देर तक बात की और साथ-साथ फोटो भी खिंचवाए।

सकारा से चलकर हमलोग मिस्र के सबसे बड़े पिरामिड को देखने गीजा के लिए चल दिए। यह पिरामिड चिओप्स नामक फैरो के लिए बनवाया गया था और खूफू

पिरामिड के नाम से प्रसिद्ध है। यह 450 फुट ऊँचा है और इसे बनाने में तीस लाख पत्थर लगे थे। इन पत्थरों का औसत भार 2.50 टन है, परंतु कोई कोई पत्थर 20-25 टन का भी है। आज से चार हजार से अधिक वर्ष पूर्व इतने भारी पत्थरों को इतनी ऊँचाई तक चढ़ाने का कौशल कल्पनातीत प्रतीत होता है। इस पिरामिड के निर्माण में लगभग 1,00,000 कारीगरों ने 6 वर्ष तक कार्य किया था। पिरामिड के निर्माण में खगोल-विद्या का भी ध्यान रखा गया है जिससे ध्रुवतारा प्रत्येक रात्रि को फैरो की कब्र के सामने रहता है। इस कब्र में दफनाई अकूत संपत्ति लुट चुकी है और केवल ताबूत बचा है। इस पिरामिड से कुछ दूरी पर साम्राज्ञी का पिरामिड एवं अनेक छोटे पिरामिड हैं। इन पिरामिडों के सामने 'द ग्रेट स्फिंक्स' नामक पिरामिड है। इसे चिओप्स के किसी पुत्र अथवा पौत्र ने स्वयं को चिओप्स एवं उसकी रानी के पिरामिड का रक्षक घोषित करते हुए स्वयं को पंजों के बल लेटे हुए नृसिंह की आकृति में दर्शाकर बनवाया है। चिओप्स के पिरामिड को चारों ओर से पैदल घूमने में बहुत समय लगता है, अतः वहाँ किराये की बग्घी भी उपलब्ध रहती है। अंदर जाने के लिए अलग से टिकट लेना पड़ता है, परंतु अंदर खाली कमरों के अतिरिक्त कुछ शेष नहीं बचा है। मैं देर तक इन पिरामिडों को देखते हुए उनमें दबे हुए हजारों कारीगरों-मजदूरों और जीवनोपरांत स्वर्ग सम जीवन का आनंद लेने की अभिलाषा रखने वाले सम्राटों के विषय में कल्पनालीन रहा। मध्याह्न भोजन में देरी हो जाने के कारण हमलोग उस दिन विश्वविख्यात ग्रेट स्फिंक्स को दूर से ही देखकर गीजा नगर चले गए और दूसरे दिन उसे निकट से देखने पुनः आए।

मध्याह्न का भोजन लगभग चार बजे लिया गया। फिर रिहाब हमें 'गोल्डेन ईगल पर्फ्यूम शॉप' पर ले गई। वहाँ हमारी जेबें ठंडी करने के आशय से हमारा खूब स्वागत किया गया और हमें ठंडा पेय पिलाया गया। एक बहुत ही चतुर सेल्समैन ने आकर हमें बताया कि वह ओरिजिनल पर्फ्यूम्स की सरकारी शॉप है। फिर वहाँ बनने वाले उन इत्रों का मिलावट रहित होना ऐसे बताया गया जैसे शेष सभी स्थानों के इत्रों में मिलावट के अतिरिक्त कुछ भी नहीं होता है। विभिन्न फूलों के इत्रों की विभिन्न मात्रा की शीशियों को ऐसी नफासत से खोलकर दिखाया गया जैसे सात तालों में बंद बेशकीमती हीरे की डिब्बियों को खोल रहे हों। फिर छोटे माप की बजाय बड़े माप की शीशी खरीदने पर होने वाले फायदे को ऐसे प्रस्तुत किया गया जैसे बड़ी शीशी खरीदने वाला कारूँ का खजाना लूट लेगा। उस कुशल चितेरे ने हम सबके मस्तिष्क पर ऐसे कब्जा कर लिया कि हममें से अधिकांश में बड़ी-से-बड़ी शीशियाँ लेने की होड़ लग गई। किंतु, अब हाल यह है कि इजिप्ट से लौटे हुए तीन महीने

बीत रहे हैं और अभी तक मैंने और नीरजा ने उन शीशियों की ओर कानी आँख भी नहीं देखा है। दुकान से चलने के बाद एक और रोचक बात हुई कि रिहाब ने हम सबसे दुकान से प्राप्त खरीद की रसीदें माँग लीं, जिन्हें अगले दिन वापस किया। इसका रहस्य ज्ञात करने पर पता चला कि रिहाब ने उन रसीदों की फोटो प्रतिलिपि कराई होगी और उन्हें दुकान में दिखाकर अपना कमीशन प्राप्त किया होगा।

रात्रि में हम सब द ग्रेट स्फिंक्स पर होने वाले लेजर शो को देखने गए। द ग्रेट स्फिंक्स के सामने बड़े से मैदान में हजारों कुर्सियाँ पड़ी थीं, जिन पर देश-विदेश से आए पर्यटक बैठे थे। सायं के धुँधलके में स्फिंक्स के पीछे तीन ऊँचे-ऊँचे पिरामिडों का और कुछ छोटी-मोटी कब्रों का सिलुएट नजर आ रहा था। ऊपर आकाश अंधकारपूर्ण हो रहा था—बस तारे टिमटिमाते नजर आते थे। शो प्रारंभ होने की घोषणा के साथ ही पूर्ण शांति व्याप्त हो गई थी, जो वातावरण को और रहस्य-रोमांचपूर्ण बना रही थी। फिर प्रारंभ हुआ मिस्र के साढ़े चार हजार वर्ष के इतिहास का चलचित्रमय वर्णन। ऐसा लग रहा था जैसे मैं स्वयं भी उस इतिहास के साथ जी रहा हूँ।

अगले दिन प्रातः 2 फरवरी को हमलोग पुनः द ग्रेट स्फिंक्स देखने गए। रिहाब ने बताया कि द ग्रेट स्फिंक्स वास्तव में चिओप्स के पुत्र की मूर्ति है, जिसने अपने को अपने पितरों के पिरामिड्स के रक्षक के रूप में नृसिंह की मूर्तिवत बनवाया था। यह मूर्ति बालू से पूर्णतः ढक गई थी और इसके चारों ओर खुदाई की गई है। मूर्ति में सिंह अपनी ही पूँछ को नीचे गोल फैलाकर पूरी लंबाई प्रदर्शित करते हुए बैठा है। सभी ने यहाँ अनेक सेल्फी एवं अन्य चित्र खींचे।

इजिप्ट म्यूजियम

यहाँ से हम इजिप्शन म्यूजियम देखने गए। यह 1902 ई. से काहिरा के तहरीर स्क्वायर में स्थापित है। यद्यपि इसकी स्थापना उन्नीसवीं शताब्दी में ही हो गई थी, परंतु विभिन्न कारणों से इसे कई बार स्थानांतरित करना पड़ा। वर्ष 2011 की खूनी क्रांति में इस म्यूजियम पर भी हमला बोला गया था और अनेक आर्टीफैक्ट्स तथा दो ममी को नष्ट कर दिया गया था। म्यूजियम-भवन दोतल्ला है—निचले तल पर पुराने जमाने के पैपाइरस-लेखपत्र, कुछ बड़े आकार के आर्टीफैक्ट्स तथा विभिन्न कालखंडों में प्रयुक्त सोने, चाँदी, ताँबे आदि के सिक्के रखे हुए हैं। इन सिक्कों में ग्रीस, रोम और अरब देशों के प्राचीन सिक्के भी हैं, जो दर्शाते हैं कि प्राचीन काल में भी इजिप्ट का व्यापार इन देशों से था। ऊपरी मंजिल में दो कक्षों में अनेक ममियाँ रखी हुई हैं। परंतु इस मंजिल का सबसे बड़ा आकर्षण है तूतनखामेन के पिरामिड

से मिले स्वर्णिम ताबूत, स्वर्णिम सिंहासन, स्वर्ण के पत्र चढ़ी पालकी व बग्घी, बेशकीमती माणिक-हीरे लगे सोने के अति सुंदर नक्काशी वाले भारी-भारी गहने और मुकुट आदि। यद्यपि चोरों ने लगभग अन्य सभी पिरामिडों/कब्रों को खंगाल कर कीमती माल पहले ही चुरा लिया था, परंतु तूतनखामेन, जो लगभग 12 वर्ष की आयु में ही परलोक सिधार गया था, की कब्र में उसके साथ दफनायी गई वस्तुएँ चोरों की निगाह से बच गई थीं और खुदाई पर यथावत प्राप्त हो गई हैं। तूतनखामेन के शरीर को नष्ट होने से बचाने के लिए आवश्यक लेप लगाये गए थे। फिर उसे पहले एक संगमरमर के छोटे बक्से में और फिर सोने के भिन्न-भिन्न आकार के तीन बक्सों में रखा गया था, जिससे बाहरी वातावरण से वह अप्रभावित रहे। मिस्र की प्राचीन सभ्यता म्यूजियम में रखे एक-एक प्रदर्श से परिलक्षित हो रही थी।

म्यूजियम देखने के पश्चात हमारा कार्यक्रम खान-अल-खलीली बाजार जाने का था। अब तक रिहाब हम सबसे काफी खुल चुकी थी, अतः शाम को म्यूजियम से बार्गेन मार्केट जाते समय हमने उससे हिजाब पहिनने, तीन तलाक, चार विवाह और मजहबी आतंकी संगठनों के विषय में प्रश्न किए। रिहाब जैसी खुले विचारों वाली लड़की से घिसे-पिटे मजहबी बचाव वाले उत्तर सुनकर निराशा हुई। उसने बताया कि मिस्र में महिलाओं के लिए पूरे शरीर को ढकने वाला बुर्का पहिनना अनिवार्य नहीं है, पर सिर को ढकना अनिवार्य है। इसे ढकने से महिलाओं पर पुरुषों का ध्यान कम जाता है। यहाँ विवाहेतर संबंध पर कड़ी मुमानियत है और उसके दंडस्वरूप समाज प्रायः मौत भी दे देता है। उसका कहना था कि तीन तलाक का हक होने और चार बीबियाँ रखने की आजादी से विवाहेतर संबंध बनाने की आवश्यकता ही नहीं होती है, इसलिए मिस्र में जिनाकारी न के बराबर है। तीन तलाक शरिया के अनुसार है और औरत को मेहर पाने का हक देता है। हममें से किसी ने यह बात कहकर यात्रा का मजा किरकिरा नहीं करना चाहा कि उसकी बताई सभी युक्तियाँ केवल पुरुष को स्वच्छंदता प्रदान करती हैं—माहिलाओं के मूल अधिकारों पर तो गंभीर कुठाराघात करती हैं। अफगानिस्तान, इराक, ट्यूनिशिया, सीरिया, यमन, पाकिस्तान आदि में व्याप्त मजहबी आतंकवाद को उसने अमरीका की सस्ते तेल की हवस का परिणाम बताकर खारिज कर दिया। परंतु अगले एक प्रश्न के उत्तर ने उसके मानस की वास्तविक स्थिति खोलकर रख दी। यह पूछने पर कि वह दूसरी शादी कब करेगी, उसने उत्तर दिया, "कभी नहीं, एक से ही भर गए।"

खान-अल-खलीली बाजार में बड़ी भीड़ थी। यह लखनऊ के अमीनाबाद-सा लग रहा था। उस शाम मंद-मंद बहने वाली बयार बड़ी सुखदायक लग रही थी। यहाँ

अन्य लोग तो खरीदारी के उद्देश्य से बाजार में घूमते रहे, परंतु मैं और नीरजा देर तक एक रेस्तराँ के सामने पड़ी कुर्सियों पर बैठे रहे। साथ में रिहाब और अहमद भी बैठे रहे। हमने कुछ खाया-पिया भी।

मैंने एक दिन पहले अहमद को 20 पाउंड का एक नोट यह कहकर दे रखा था कि वह मुझे इसके एक-एक पाउंड के बीस सिक्के दे दे, परंतु उसने अभी तक सिक्के नहीं दिए थे। यह शाम हमलोगों के साथ की अंतिम शाम थी, अतः मैंने अहमद को नोट तुड़वाकर सिक्के देने की याद दिलाई, परंतु वह टस से मस न हुआ। फिर मेरे दो बार और याद दिलाने के पश्चात वापस चलते समय वह कठिनाई से उठा और एक हाथ में सिक्के भरकर लाया, जिन्हें मैंने बिना गिने अपने हाथ में लेकर जेब में रख लिया। बाद में गिनने पर वे 15 पाउंड के ही सिक्के निकले।

रहस्यों के देश मिस्र को कुछ देख-समझकर और कुछ अबूझे रहस्यों को मन के गह्वर में छिपाए हम चिओप्स, तूतनखामन, क्लियोपैट्रा, अलेक्जांडर आदि के खयालों में खोए रहकर 3 फरवरी को वापस भारत के लिए चल दिए।

योसेमिटी की बड़बोली गाइड

''आओ, आओ। तुम भी आओ। योसेमिटी पार्क देखने आए हो? देखा?...पर मुझे क्या फर्क पड़ता है? तुम जैसे सैकड़ों रोज यहाँ आते हैं और मुँह उठाए चले जाते हैं...अरे! अब तुम तो सीधे मेरे ऊपर ही चले आ रहे हो? क्या मुझे कुचलने का इरादा है?...लो, मैं ही थोड़ा खिसक लेती हूँ...हाँ, अब ठीक है। उसी जड़ पर चुपचाप बैठो।''

योसेमिटी के उस बियाबान में रात्रि घिर रही थी और गहराते अँधेरे में मैं उसकी आवाज सुनकर रोमांचित हो उठा था—आस-पास कहीं कोई दिखाई नहीं दे रहा था। वह जो भी थी, इतना कहकर चुप हो गई थी। मुझे लगा कि वह मुझे घूरकर अपलक देखने लगी होगी। वैसे, 'अपलक' शब्द उसके लिए निरर्थक भी हो सकता है क्योंकि पता नहीं उसके पलकें होंगी भी या नहीं। वह स्वयं सशरीर हो सकती है अथवा अशरीर, मानवरूप हो सकती है अथवा पशुरूप, लंबी हो सकती है अथवा गोलमटोल लोंदे-सी। वह जो भी हो, परंतु मुझसे बोलने को आतुर अवश्य थी क्योंकि कुछ देर के उपरांत वह पुनः बोल पड़ी थी, ''इतने घबराए और भयभीत क्यों हो? लगता है रास्ता भूल गए हो?...माना कि अँधेरा हो रहा है और अब तुम्हारा यहाँ से वापसी का रास्ता ढूँढ़ पाना अत्यंत कठिन है, पर इसमें ऐसी घबराने की क्या बात है?...मैं तो करोड़ों वर्षों से यहाँ बिना घबराए रह रही हूँ। तुम एक रात भी नहीं बिता सकते हो?''

उसकी करोड़ों वर्षों से यहीं रहने की बात सुनकर मैं सचमुच घबरा गया था और योसेमिटी की ठंडभरी रात्रि में भी मुझे पसीना आने को हो रहा था।

उस वर्ष मैं अमरीका के कैलिफोर्निया प्रांत के विश्वप्रसिद्ध स्टैनफर्ड विश्वविद्यालय में जीवशास्त्र का छात्र था। मध्य कैलिफोर्निया के पूर्वी किनारे पर सिअरा-नेवादा पर्वत श्रृंखला पर स्थित योसेमिटी नेशनल पार्क, जो न केवल अपनी प्राकृतिक सुंदरता एवं जैविक विविधता में अद्वितीय है वरन अद्भुत भूगर्भीय परिवर्तनों से

निर्मित होने के कारण समस्त संसार के सैलानियों के असीम आकर्षण का विषय भी है। मैं इस पार्क के अनोखे जीव-जंतुओं के विषय में जानकारी हेतु वहाँ गया था। कार से जाने पर सैनफ्रांसिस्को से इसके बिग ओक फ्लैट प्रवेश-बिंदु, जो पार्क के उत्तर-पश्चिम दिशा में स्थित है, पर पाँच घंटे में पहुँच गया था। पार्किंग स्थल के प्रारंभ में एक सूचना-पट्ट पर लिखा था :

मार्क ट्वेन ने योसेमिटी को देखकर कहा था, 'लगता है कि ईश्वर ने संसार की अन्य सब वस्तुएँ बनाने के पश्चात अपना बचा हुआ सारा खजाना यहीं पर लुटा दिया है।'

फिर दूसरे सूचना-पट्ट पर पार्क की विशालता एवं विविधता का वर्णन था, जिसे पढ़कर मैं अभिभूत हो गया था : 'यह पार्क 3000 वर्ग किलोमीटर क्षेत्र में फैला हुआ है। इस पार्क में 400 किलोमीटर लंबी सड़कें हैं, 1300 किलोमीटर लंबे पैदल पथ हैं, 85 प्रकार के जानवर हैं, 150 प्रकार की चिड़ियाँ हैं और 1000 प्रकार के पेड़-पौधे पाए जाते हैं।' पार्क का नक्शा देखकर मैं यह समझ गया था कि बिग ओक फ्लैट से पैदल चलकर अधिक दूर नहीं पहुँचा जा सकता है। अतः कार से ही चल दिया था, परंतु क्रेन फ्लैट पहुँचकर योसेमिटी घाटी का जो दृश्य देखा तो मार्क ट्वेन के उद्गारों की सत्यता का आभास हुआ और कार खड़ी कर पैदल चलने को मन विवश हो गया। योसेमिटी के अद्वितीय आकर्षण से उत्पन्न मन की उस विवशता ने ही मुझे रास्ते से भटकाकर गहराती रात्रि में एक बियाबान में पहुँचा दिया था, जहाँ मैं किसी अनदेखे-अनजाने की ऊपर वर्णित एकल वार्ता सुन रहा था।

"मैं जानती हूँ कि तुम घबरा रहे हो और इस समय मेरे विषय में जानने को उससे कहीं अधिक व्याकुल हो रहे हो, जितना यहाँ के जीव-जंतुओं के विषय में जानने को उत्सुक थे। मैं तुम्हें सब विस्तार से बताऊँगी। अब जल्दी क्या है? अब रात में तुम वापस तो जा नहीं सकते हो—पूरी रात तो तुम्हें मेरे साथ ही काटनी है। घबराओ नहीं, मैं तुम्हें कोई हानि नहीं पहुँचाऊँगी—मैं तो बस सदियों से किसी को अपनी कहानी सुनाने को बेचैन हूँ।"—यह कहकर वह साँस लेने के लिए रुकी। फिर मेरे उत्तर की प्रतीक्षा किए बिना ही मुझे आश्चर्यचकित करते हुए आगे बोलने लगी :

"क्या तुम कल्पना कर सकते हो कि मेरी आयु क्या है और मैं यहाँ कब आई थी?...मैं यहाँ तब आई थी जब हिमयुग की समाप्ति थी और पिघलकर खिसकते ग्लेशियरों के बल से योसेमिटी घाटी बनना प्रारंभ हो चुकी थी। तब यहाँ किसी प्रकार के जीव-जंतु अथवा वृक्ष का नामोनिशान नहीं था। यहाँ के समस्त जीवों की आदिमाता मैं ही हूँ।

"सिएरा नेवादा, जिसके बीच हम आज बैठे हुए हैं, के बनने के इतिहास को मैंने बहुत कुछ स्वयं जिया है। सिएरा नेवादा की नीली-भूरी चोटियों वाली ये पर्वत शृंखलाएँ, जो छह सौ किलोमीटर लंबाई और पचास किलोमीटर चौड़ाई में फैली हुई हैं और बड़ी-बड़ी दराँती जैसी दिखती हैं, अलग-अलग पर्वतों का समूह नहीं, वरन ग्रेनाइट की एक अकेली महा विशालकाय चट्टान है। ग्रेनाइट की इतनी विशाल चट्टान संसार में कहीं नहीं मिलती है। प्रागैतिहासिक काल में पृथ्वी के गर्भ में बहने वाले लावा के दबाव से सिएरा की पश्चिम दिशा में भूभाग तेरह हजार फुट ऊँचा उठ गया था। पूरब में यह ऊँचाई कम होती गई। ध्यान से देखो तो पाओगे कि इससे बनी पर्वत शृंखलाओं ने सागर की लहरों का रूप ले लिया है। हिमयुग के आने पर इनकी तेरह हजार फुट ऊँची चोटी माउंट लाइल पर सर्वप्रथम ग्लेशियर का जमना शुरू हुआ था। हिमयुग के अंत में जब भीमकाय ग्लेशियर पिघलने लगे, तो यहाँ से पूर्व दिशा में एक ग्लेशियर बहा जिसने वहाँ ऊँचाई पर स्थित एक वीरान बना दिया है। दूसरा सघन बर्फ का ग्लेशियर जो पश्चिम दिशा में नीचे खिसका, उसका भार इतना अधिक था कि वह इंच-इंच करके ग्रेनाइट की पहाड़ियों को काटने लगा और अंततः उसने दस किलोमीटर लंबी, डेढ़ किलोमीटर चौड़ी एवं पौन किलोमीटर गहरी योसेमिटी घाटी बना दी। कालांतर में यहाँ जो नदी बनी, उसे आजकल मर्सेड नदी कहते हैं। भीमकाय ग्लेशियर द्वारा इस कटान के कारण इस घाटी के दोनों ओर की ग्रेनाइट की पहाड़ियाँ सीधी लंबवत कटी हुई दिखती हैं एवं दोनों ओर की कटान ग्लेशियर के खिसकने की दिशा में एक-सी घूमती गई हैं। बर्फ की तेज धार से कटी इन पहाड़ियों की चोटियाँ, जिनमें कई आज गुंबदाकार अथवा गोलाई लिये हुए दिखती हैं, प्रारंभ में नुकीली थीं। अति शीत एवं अति ग्रीष्म के प्रभाव से ग्रेनाइट में यह गोलाई पैदा हो जाना स्वाभाविक है। शीत ऋतु में बर्फ जमने के कारण ग्रेनाइट अत्यंत ठंडा होकर सिकुड़ जाता है और ग्रीष्म में गरम होकर फैल जाता है, जिससे तेज हवाएँ आने पर इसमें 'चिपिंग' होती रहती है। अतः चार हजार फुट तक की ऊँचाई वाली ग्रेनाइट की ये चोटियाँ गुंबदाकार, दीर्घवृत्ताकार, कोणाकार व अन्य अनेक मंत्रमुग्ध कर देने के रूपों वाली बन गई हैं। योसेमिटी के दोनों छोरों पर स्थित एल कैप्टेन तथा हाफ डोम नामक चोटियाँ तो बिलकुल संतरियों जैसी लगती हैं। इनके बीच में बास्केट डोम, सेंटिनेल डोम, लिबर्टी कैप, टर्टलबैक डोम, माउंट वाट्किंस, माउंट स्टार्किंग आदि सब ग्रेनाइट के बने आकर्षक पर्वत हैं। योसेमिटी में जहाँ भी प्रस्तर शिलाओं पर मिट्टी आ गई है, वहाँ वृक्षों, लताओं, झरनों, पुष्पों एवं उपवनों का साम्राज्य छा गया है जिनमें भालू, खरगोश, भेड़िये, लोमड़ियाँ आदि

जंगली जानवर, रंग-बिरंगे पक्षी एवं प्रेयरी डॉग जैसी दिखने वाली गिलहरी नाचते-गाते दिखाई देते रहते हैं। इस गिलहरी की तोंद देखी होगी–यह इतनी बड़ी इसलिए है कि यह वर्ष में आठ माह 'हाइबर्नेशन' में रहती है और उस दौरान जिंदा रहने के लिए शेष चार माह खाती ही रहती है। उत्तर दिशा में खिसकने वाले ग्लेशियर ने हेच-हेची घाटी एवं टुलुम्ने नदी के चार हजार फुट गहरे ग्रैंड केनियन को बर्फ से भर दिया था। मोटे तने वाले सिएरा के वृक्ष, जिसकी शाखाएँ आकाश में विचरण करती ड्रिफ्टवुड जैसी लगती हैं, को तुमने देखा होगा। इसी बारहमासी हरा रहने वाले वृक्ष के नाम पर यहाँ का नाम सिएरा नेवादा पड़ा है। और रेड-वुड के वृक्षों के आकार का तो कहना ही क्या है? किसी-किसी वृक्ष के तने के बीच से ट्रक निकाला जा सकता है। पानी के झरने और स्थान-स्थान पर मिलने वाले जलाशय यहाँ की सुंदरता में चार चाँद लगाते हैं। शीत ऋतु में यहाँ सब कुछ हिमाच्छादित श्वेत हो जाता है, परंतु वसंत ऋतु के प्रारंभ से उगने वाले पेड़-पौधे ग्रेनाइट के रंग में ऐसे एकाकार हो जाते हैं कि यहाँ की छटा देखते ही बनती है।''

अब तक मैं अपनी सुरक्षा के विषय में तो आश्वस्त हो चला था, परंतु जिज्ञासा नहीं रोक पा रहा था, अतः कुछ पूछने वाला ही था, परंतु मैं अपना प्रश्न कर पाता, उसके पहले ही वह आगे बोल पड़ी :

''हाँ, मुझे ज्ञात है कि तुम जानना चाहते हो कि मैं हूँ कौन। मैं यहाँ पर पृथ्वी की ओर गिरने वाले उल्का के एक पिंड के साथ आई थी और बर्फ की गहरी पर्तों के अंदर घुसकर एक पत्थर से चिपककर लगभग अनंत काल के 'हाइबर्नेशन' में चली गई थी। पता नहीं कब तक मैं उस शिलाखंड से चिपकी रही और जब यहाँ की जलवायु गर्म होकर जीवन हेतु उपयुक्त हो गई, तो मैं 'हाइबर्नेशन' से बाहर आ गई। मैं एक ऐसा जीवाणु हूँ जो अर्ध नारी-पुरुष है एवं स्वतः अपना प्रतिरूप बनाकर दो-दो में विभाजित कर अपने वंश को बढ़ाते रहने में सक्षम है। 'हाइबर्नेशन' से बाहर आने पर मैंने खा-पीकर अपने को तंदुरुस्त बनाया। पूर्ण स्वस्थ हो जाने पर मैं स्वयं से ही प्रेम करने लगी। प्रेम-क्रीड़ा पूर्ण होने पर मैं स्वयं में एक से दो हो गई। तब मैंने अपने को दो में विभाजित कर दिया। फिर मेरे दोनों भागों ने ज्यामितिक विकास की गति से अपने जैसे प्रतिरूप बनाने प्रारंभ कर दिए। उन्हीं प्रतिरूपों में कुछ पिघलती बर्फ के जल में समा जाते थे जिनमें से प्रारंभ में सभी मर जाते थे, परंतु शनैः-शनैः कुछ ने जल में जीने की कला सीख ली और अपने को जलचरों में विकसित कर लिया। मेरे प्रतिरूपों में कुछ को जीवित रहने हेतु वायु में उड़ना पड़ा और कुछ को मेरी तरह धरती पर रहना पड़ा। ये ही नभचर एवं थलचर बन गए।

योसेमिटी में बसने वाले जीव-जंतु एवं यहाँ आने वाले पर्यटकों में अनेक मेरे ही वंशज हैं–और हो सकता है कि तुम भी हो।"

अपने को उस रहस्यमयी, अनदेखी, अनाम आदि-माता का वंशज होना सुनकर मेरे बदन में रोमांच होने लगा। तभी योसेमिटी की ठंड भरी प्रातः में रेड-वुड की जड़ के तकिये पर से मेरी नींद खुल गई। योसेमिटी की वह बड़बोली गाइड सत्य रही हो अथवा एक स्वप्नपरी, मेरे मानस-पटल पर एक अमिट छाप छोड़ गई है।

स्विट्ज़रलैंड का गौर्नरग्राट

लाविनी–स्विट्ज़रलैंड का एक गाँव–जैसा लावण्यमय नाम वैसा ही कमनीय ग्राम। लेडिग-रोवोहूल्ट फाउंडेशन के निमंत्रण पर मैं एवं मेरी पत्नी नीरजा इस ग्राम के एक शटो (भव्य भवन–हवेली) के भव्य रोवोहूलट कक्ष में रुके हुए हैं–बल्गारिया, जर्मनी, स्कॉटलैंड एवं फ्रांस से आए लेखक पेटर, सूजाने, मोरेल एवं इला भी इसी भवन में रुके हुए हैं। यह ग्राम जेनेवा से तीस मील दूर लेक जेनेवा के किनारे ऊँची पहाड़ी पर बसा है और मेरे कमरे से झील अपने मीलों के विस्तार में एक छोटे सागर-सम दिखती है। झील के उस ओर ऊँची-ऊँची पहाड़ियाँ हैं जिन पर छितराए बादल किसी भी चित्रकार की तूलिका का सुंदरतम विषय बन सकते हैं। यद्यपि मेरे कक्ष और झील के बीच चार किलोमीटर दूरी वाली ढलान है, परंतु दो-चार रंग-बिरंगे भवनों एवं एक हाल ही में जोते गए खेत को छोड़कर पूरी ढलान पर हरीतिमा छायी हुई है। कुछ बाग हैं और कुछ खेत, खेतों में अंगूर, सेब, आडू और नाशपाती के वृक्ष पंक्तियों में लगे हुए हैं–सभी वृक्ष फलों से ऐसे लदे हैं कि आश्चर्य होता है कि फट क्यों नहीं पड़ते हैं। सितंबर का माह है, परंतु यहाँ बसंत की बहार आयी हुई है–मेरे लॉन में किनारे-किनारे बहुत बड़े-बड़े लाल, पीले और श्वेत गुलाब खिल रहे हैं तथा ग्राम के प्रत्येक घर की बालकनी से लटकते गमलों के पौधों में इतने पुष्प भरे हैं कि गमले और पत्तियाँ दिखाई ही नहीं पड़ते हैं।

सायंकाल की वेला हो चुकी है, परंतु ऊँचाई के कारण सूर्य का प्रकाश अभी भी वृक्षों की डालों पर पसरा हुआ है। हम (मैं और नीरजा) अभी-अभी स्विट्ज़रलैंड के सबसे दर्शनीय स्थलों में एक गौर्नरग्राट से लौटे हैं। प्रातः 7:08 बजे की बस पकड़ने हम लाविनी ग्राम के 'ला काफे' नामक बस स्टैंड गए थे–उस समय ठंडी हवा बहुत तेजी से बह रही थी। मेरी बस आने के पहले एक दूसरी बस आ गई थी और मैं उसके ड्राइवर से अंग्रेजी में पूछने लगा था कि वह बस मौर्ज रेलवे स्टेशन जाएगी या नहीं। ड्राइवर के फ्रेंच भाषी होने के कारण मुझे उसकी बात समझ में नहीं आ

रही थी–तभी बस में बैठा एक गोरा व्यक्ति अंग्रेजी में बोल पड़ा था, ''सर, यह बस मौर्ज स्टेशन नहीं जाएगी। अगली बस, जो हरे रंग की है और जिसका नंबर 726 है, वह मौर्ज जाएगी।''

मेरे 'थैंक्स' कहते ही बस चल दी थी। मैं उस व्यक्ति की सज्जनता एवं शालीनता के विषय में सोच पाता कि एक गोरी महिला, जो पास में खड़ी हमारी बातें सुन रही थी, मेरे पास आकर अंग्रेजी में बोल पड़ी, ''अगर आप मौर्ज जाना चाहते हैं, तो मैं अपनी गाड़ी से पहुँचा सकती हूँ।''

मैं भौचक्का हो गया था और सोचने लगा था कि टैक्सी वाली होगी। यूरोप में टैक्सी अत्यंत महँगी होती है अतः संदेह मिटाने के लिए मैंने कह ही दिया था, ''हम टैक्सी से नहीं जाना चाहेंगे।''

उसने जो उत्तर दिया, उससे मैं अभिभूत था, ''नहीं, यह मेरी प्राइवेट कार है। मैं मौर्ज जा रही हूँ और बस वाले से आपकी बात सुनकर मैंने आप को साथ चले चलने को कहा है।''

उसने न केवल हमें ले जाकर रेलवे स्टेशन पर उतारा, वरन रास्ते में पड़ने वाले ग्रामों के नाम और उनकी विशेषताएँ भी बताती रही। हम दोनों सोचते ही रह गए थे कि काश, हम भारतीय, जो अपनी सभ्यता पर गर्वोक्तियों की झड़ी लगाते नहीं थकते हैं, इन स्विसवासियों से कुछ सीख लेते!

मौर्ज स्टेशन पर गाड़ियों के आने-जाने का ताँता लगा हुआ था–प्रत्येक प्लेटफॉर्म पर औसतन सात-आठ मिनट में एक ट्रेन आकर छूटती थी। नई ट्रेन के आने का समय और गंतव्य स्टेशनों के नाम प्लेटफॉर्म के साइनबोर्ड में खटाखट आ रहे थे और ट्रेनें ठीक उसी समय आ-आकर छूट रही थीं। हमलोगों ने विस्प स्टेशन के लिए 7:46 बजे की ट्रेन पकड़ी थी। डिब्बा तीन-चौथाई से अधिक भरा हुआ था, क्योंकि विद्यालय जाने वाले छात्रों एवं ऑफिस जाने वाले कर्मियों के कारण इस समय सामान्य से अधिक भीड़ थी। यद्यपि डिब्बे के यात्री सामान्यतः फ्रेंच या जर्मन बोल रहे थे, परंतु टीटी ने हमसे अंग्रेजी में टिकट दिखाने को कहा था और हमारा स्विस-पास देखने के बाद पूछा था, ''आपको किसी अन्य सहायता की आवश्यकता हो तो कृपया मुझे बताएँ।''

लगभग दस मिनट तक छोटी-छोटी पहाड़ियों पर बसे गाँवों एवं हरे-भरे खेतों के बीच साँप की भाँति दौड़ने के पश्चात ट्रेन लौजान स्टेशन पर तीन मिनट के लिए रुकी। लौजान स्टेशन आने के पहले डिब्बे में ध्वनिविस्तारक यंत्र द्वारा आने वाले स्टेशन के नाम की घोषणा हुई। लौजान स्टेशन के पश्चात ट्रेन लेक जेनेवा के

किनारे-किनारे दौड़ने लगी। वह दृश्य सुंदर होने के साथ-साथ रोमांचक भी था क्योंकि जैसे-जैसे झील घूमती थी, वैसे-वैसे तेजी से दौड़ती ट्रेन भी घूम रही थी और कहीं-कहीं तो पानी के इतने निकट आ जाती थी कि लगने लगता था कि पानी में अब घुसी कि तब घुसी। झील के किनारे ही अगला स्टेशन वेवे था, जिसे श्वेत नौकाओं का नगर कहना अधिक उपयुक्त होगा—बायीं ओर पहाड़ी पर बसे नगर के भवन और दायीं ओर झील के किनारे पर लगी अथवा बतख की भाँति झील में तैरती अनगिनत नौकाएँ सभी श्वेत रंग में रँगी थीं। ट्रेन चल देने के कुछ मिनट पश्चात ही मौंट्रो स्टेशन आ गया था—और उसके दस मिनट पश्चात झील तो समाप्त हो गई थी, परंतु दायें-बायें दोनों ओर ऊँचे-ऊँचे पहाड़ प्रारंभ हो गए थे, जिनमें कुछ पर बर्फ झिलमिला रही थी। आगे मार्टिनी, स्यूँ आदि स्टेशन की एक घंटे की यात्रा के उपरांत विस्प स्टेशन आ गया, जहाँ हमने जर्मैट के लिए ट्रेन बदली।

ट्रेन के विस्प से खिसकते ही पहाड़ की चढ़ाई प्रारंभ हो गई थी। ट्रेन मंथर गति से दोनों ओर खड़ी पहाड़ियों के मध्य थकी हुई सर्पिणी-सम चढ़ रही थी। कुछ देर में अगला स्टेशन स्टाल्डेन आने के पूर्व दायीं ओर एक नदी बहती दिखाई दी जिसका जल अन्य जलाशयों के गहरे नीले रंग की बजाय हरा-नीला सा था। ट्रेन के रुकने पर उसकी कल-कल ध्वनि बड़ी कर्णप्रिय लगती थी। लगभग एक घंटे की चढ़ाई एवं सेंट निकलौस का बड़ा स्टेशन पार करने के पश्चात हम ताश स्टेशन पहुँच गए, जहाँ बर्फ की एक बहुत बड़ी चोटी दिखाई देने पर मेरी सीट के निकट बैठी एक महिला अकस्मात अपने देश की भाषा में मेरा ध्यान उधर आकृष्ट करने लगी। फिर कुछ सँभलकर अपनी उँगली से उधर इशारा करने लगी। मैं भी उस चोटी को देखकर वाह कर बैठा था। जर्मैट लगभग छह हजार फुट की ऊँचाई पर बसा एक कस्बा है। वहाँ स्टेशन पर पहुँचकर हम जल्दी से सड़क पार स्थित दूसरे स्टेशन पर चले गए, जहाँ से गौर्नरग्राट की साढ़े चार हजार फुट की कठोर चढ़ाई प्रारंभ होती थी। हम दोनों ने स्विट्ज़रलैंड आने के पहले ही अंतर्जाल से स्विस फ्लेक्सी पास क्रय कर रखे थे, जिससे हमें तीन दिन ट्रेन, बस अथवा फेरी से असीमित यात्रा की सुविधा थी और शेष दिनों में आधे दर पर यात्रा उपलब्ध थी। अतः अभी तक की हमारी यात्रा का टिकट हमें नहीं लेना पड़ा था, परंतु जर्मैट से गौर्नरग्राट की रेल लाइन रेल-यूरोप के अंतर्गत न होने के कारण उसका टिकट लेना पड़ा था परंतु स्विस पास के कारण आधी दर पर, 38 स्विस फ्रैंक प्रति व्यक्ति, मिला था।

जर्मैट से फिडिलबाख और वहाँ से रिफिल आल्प तक की चढ़ाई पर हमें दोनों ओर हरे-भरे वृक्ष मिलते रहे थे। ऐसा लगता था कि हरसिल से गंगोत्री की यात्रा पर

ट्रेन से जा रहे हों। रिफिल आल्प तक आते-आते चारों ओर बर्फ की पहाड़ियाँ दिखाई देने लगी थीं। उसके पश्चात पर्वत पूर्णतः वीरान हो गए थे–कहीं घास तक नहीं उगी थी–हमारे निकट बस पत्थर, पत्थर और पत्थर और ऊँची शिखाओं पर बस बर्फ, बर्फ और बर्फ। रोटेनबोडेन स्टेशन के निकट नीले पानी की एक छोटी-सी तलैया अवश्य दिखाई दी थी, जो पता नहीं कब और कैसे बन गई होगी। गौर्नरग्राट स्टेशन पर पहुँचते-पहुँचते चढ़ाई इतनी अधिक हो गई थी कि प्लेटफॉर्म से कुछ पहले ट्रेन के इंजन ने चढ़ना बंद कर दिया था और गाड़ी खड़ी हो गई थी। फिर ट्रेन पीछे को ढलान पर उतरने लगी थी और हमारी धुकधुकी बढ़ गई थी क्योंकि पीछे पटरी टेढ़ी-मेढ़ी थी। लगभग एक मिनट पीछे उतरने के पश्चात ट्रेन रुकी थी और फिर और अधिक शक्ति के साथ चढ़ी थी–तब कठिनाई से प्लेटफॉर्म तक पहुँच पाई थी। उतरकर मैंने देखा कि दोनों रेलों के बीच पूरी लाइन में लोहे के कौग लगे हुए थे, जो ट्रेन को पूरी लंबाई में फँसाये हुए थे और गिरने से बचाए रखते थे।

गौर्नरग्राट पर स्टेशन से बाहर आते ही बर्फ की चोटियों का एक अविस्मरणीय दृश्य हमारे समक्ष उपस्थित हो गया। गौर्नरग्राट की अपनी ऊँचाई 10,126 फुट थी और वहाँ से 13,000 फुट से अधिक ऊँची बर्फ की 29 चोटियाँ देखी जा सकती थीं। सूर्य की तेज धूप में ये चोटियाँ पिघलती चाँदी-सी चमक रही थीं और उनमें कुछ तो इतने निकट थीं कि लगता था कि हाथ बढ़ा देने पर पकड़ में आ जाएँगी। स्टेशन के निकट एक लिफ्ट लगी थी जो हमें गौर्नरग्राट के अंतिम शिखर पर ले गई, जहाँ पर सुंदर-सा कुल्म गौर्नरग्राट होटल बना हुआ था। यहाँ एक लकड़ी का तना जैसा खड़ा था (जो संभवतः नमक का बना हुआ होगा), जिसका नमक दो मृग हम सब की उपस्थिति से अनभिज्ञ रहकर तन्मयता से पूरे समय चाटते रहे थे। यद्यपि भाषा की कठिनाई के कारण हम उन मृगों की प्रजाति के विषय में किसी से पूछ नहीं पाए, परंतु वे वैसे ही कस्तूरी मृग लग रहे थे जैसे हमने कभी शिमला के निकट कुफरी में पले हुए देखे थे। नीचे घाटी में बर्फ की एक चौड़ी नदी जमी हुई थी, जिसे देखकर जी करता था कि नीचे पहुँचकर हिम-स्नान करें। हम तमाम फोटो ले रहे थे कि एक पाँच-छह वर्ष की गोरी लड़की हमारे पास आकर खड़ी हो गई। नीरजा को वह इतनी अच्छी लगी थी कि उसकी माँ की अनुमति लेकर हमने उसकी फोटो ले ली।

एक घंटे तक स्वर्गिक स्थल का आनंद लेकर हमने लाविनी के लिए वापसी की ट्रेन पकड़ ली।

योसेमिटी की चट्टान की बर्फ के ग्लेशियर के खिसकने से निर्मित कटान, कैलिफोर्निया

(योसेमिटी की बड़बोली गाइड)

द मैमथ : येलोस्टोन *(अलौकिक येलोस्टोन पार्क)*

हमारा जहाज *(अनिंद्य अलास्का क्रूज)*

प्रशांत महासागर में बोट लॉन्च पैड *(उत्तरी अमरीका का आकर्षण)*

गोल्डेन गीज़र—पृथ्वी के गर्भ से निकले जीवाश्म
से सुनहरी धरती *(अलौकिक येलोस्टोन पार्क)*

माउंट रेनियर नेशनल पार्क, यूएस *(महान माउंट रेनियर)*

गौर्नरग्राट, ज़र्मैट, स्विट्ज़रलैंड *(स्विट्ज़रलैंड का गौर्नरग्राट)*

टोटेम हेरिटेज सेंटर, अलास्का, यूएस *(अनिंद्य अलास्का क्रूज)*

कैपिलानो ब्रिज *(अद्वितीय वैंकूवर)*

मिस्र के स्फिंक्स में लेखक *(रहस्यों का देश मिस्र)*

लाइट हाउस, अलेक्ज़ेंड्रिया, मिस्र *(रहस्यों का देश मिस्र)*

विश्रामरत बुद्ध, चीन *(चीन में 'चालो चालो')*

चीन का मीना बाजार *(चीन में 'चालो चालो')*

देवप्रयाग में अलकनंदा और भागीरथी का संगम *(देवभूमि में योगी द्वादश)*

जागेश्वर मंदिर *(तपोभूमि में तांडवयोग)*

मायामी से बहामाज तक

देवताओं की इंद्रनगरी आकाश लोक में स्थित है और आजकल मेरी पाताल लोक में है—पृथ्वी के दूसरे छोर के सागर-तल पर। मुझे लगता है कि देवताओं को इसका ज्ञान नहीं है कि पाताल लोक में भी स्वर्गिक नगरी है, जो कुछ प्रकरणों में उनकी नगरी से अधिक मोहक है, अन्यथा देवता अपनी नगरी छोड़कर इसी में आकर बसना पसंद करते और अब तक एक देव-मानव संग्राम हो चुका होता।

पाताल लोक की इस इंद्रनगरी का एक कालखंड—जिसमें मैं अपनी पत्नी नीरजा, पुत्र देवर्षि, पुत्रवधू अनामिका, पौत्र देवांश और पौत्री अदिति के साथ यात्रा कर रहा हूँ, अर्थात् जीवित एवं जागृत अवस्था में स्वर्गिक संसार में जी रहा हूँ। स्वर्गिक इसलिए कि यह एक स्वर्णिम नगरी है—निशि-दिवस स्वर्ण-सी झिलमिलाती, वांछनीय वस्तु की इच्छा करते ही उपलब्ध कराती और दैनिक चिंताओं से मुक्त कराती—यहाँ तक कि प्रायः दूरभाष, समाचार-पत्र एवं टीवी तक को अनुपलब्ध कराकर संसार के दुख एवं कष्टों के ज्ञान से भी अनभिज्ञ रखती है। मुझे नहीं लगता कि देवताओं का स्वर्ग इससे अधिक आनंददायक होगा। हाँ, जिस प्रकार स्वर्ग के सुखों से ऊबकर इंद्र कभी-कभी भूलोक का हाल-चाल जानने को इच्छुक हो जाते हैं, उसी प्रकार यदा-कदा दूरदर्शन का संपर्क स्थापित हो जाने पर यहाँ पर सांसारिक घटनाओं की झलकी मिल जाती है।

अन्यथा यहाँ रहकर मैं कल्पना भी नहीं कर सकता हूँ कि संसार में कहीं कुछ कष्ट, अभाव अथवा निर्धनता है। यहाँ है तो बस सुख-समृद्धि का आधिक्य, आधिक्य और अधिक आधिक्य।

मेरी यह अद्भुत नगरी एक जलपोत में समायी हुई है, जो मायामी नामक मायानगरी से सायं चार बजे दक्षिण दिशा में प्रस्थान कर चुका है। पोत में घुसते ही एक आकर्षक नवयौवना ने मुस्कराकर हमसे फोटो लेने की अनुमति माँगी और हमारे फोटो ले लिए। उस समय फोटो लेने का कारण मुझे सुरक्षा से संबंधित होना समझ

में आया, परंतु बाद में पता चला कि लगभग प्रतिदिन किसी-न-किसी समय हमारे फोटो लेकर उन्हें प्रति सायं गैलरी में लगा दिया जाता है, जिससे अपनी पसंद के अनुसार हम उन्हें क्रय करके यादगार के रूप में रख सकें। मायामी विश्वप्रसिद्ध मायानगरी है—पाताल लोक में स्थित सैलानियों का स्वर्ग। जलपोत ज्यों-ज्यों मायामी तट की गगनचुंबी अट्टालिकाओं, तट पर स्थित अन्य जलपोतों और नावों को दूर छोड़ते हुए सागर के वक्ष पर फिसलते हुए उसके असीम विस्तार में समा रहा है, त्यों-त्यों हमें एक ऐसे रोमांचकारी एकाकीपन का आभास हो रहा है, जैसा साधु-संन्यासी पर्वत कंदराओं के एकांत में रहने पर करते होंगे—एक नया संसार जहाँ पीछे छूटे हुए संसार से 'न ऊधौ का लेना, न माधौ का देना' होता है। अपने कक्ष से मैं मीलों लंबे मायामी बीच पर स्नान करते और धूप खाते स्त्री-पुरुषों को अपने से दूर होते देख रहा हूँ। उनके आँख से ओझल होने पर मेरा ध्यान अपने कक्ष के वैभव पर जाता है। मेरे कक्ष की प्रत्येक वस्तु में रंगों का नेत्र-सुखकारी एवं मनमोहक संयोजन है। फर्श पर लाल-श्वेत रंग का बिछा कालीन, दूधिया सफेद रंग का नर्म मुलायम बिस्तर, नारंगी रंग की दीवारें और छत अपनी बनावट, चमक और स्वच्छता में अद्वितीय हैं। सबसे अद्‌भुत दृश्य तो कमरे के पीछे की दीवार में लगी बड़ी-सी खिड़की प्रस्तुत कर रही है—क्षितिज की सीमा तक हरहराता समुद्र, जो आकाश में यहाँ-वहाँ छाए बादलों के टुकड़ों के कारण कहीं गहरा नीला, कहीं आसमानी नीला, कहीं बैंगनी, तो कहीं हरा-सा हो रहा है। 'कार्निवाल डेस्टिनी' नामक इस जलपोत के 21 नॉट प्रति घंटा की गति से सागर की लहरों को चीरते हुए आगे बढ़ने से पोत के आस-पास दूर-दूर तक श्वेत झाग उछल रहा है। सामने से आती हुई जल-तरंगों के जहाज के टकराने से कभी-कभी लहरों के छींटें मेरी खिड़की तक आ पड़ते हैं। लहरों की उछाल की ऊँचाई का अनुमान इस बात से लगाया जा सकता है कि जहाज की कुल ऊँचाई 72 मीटर अर्थात् 237 फुट है, जिसमें से 20 मीटर पानी के अंदर ही रहती है और शेष में 13 मंजिलें निर्मित हैं—शून्य मंजिल तथा जलस्तर के नीचे मेडिकल सेंटर आदि हैं और जहाज के कर्मचारी रहते हैं और 1, 2, 6, 7, 8 में पूर्णतः तथा 9, 10 और 11 मंजिलों में अंशतः दायें-बायें किनारे पर दो-दो पंक्तियों में यात्रियों के कमरे हैं तथा 3, 4, 5 मंजिलों पर पूर्णतः एवं 9, 10, 11 मंजिलों पर अंशतः भोजनालय, मदिरालय, नृत्यालय, प्रेक्षालय, कसीनो, स्वर्णाभूषण की दुकानें, स्विमिंग-पूल, जा-कूजी, स्पा, ब्यूटी-सलून, बास्केटबॉल, वॉलीबॉल, टेबुल-टेनिस आदि खेलने के मैदान, मिनी गोल्फ कोर्स, योग-स्थल, धूप का सेवन करने हेतु सैकड़ों आराम-कुर्सियाँ, दौड़ने हेतु डेक, कार्यालय आदि निर्मित हैं। बारहवीं मंजिल पर पूरा

खुला डेक है। जहाज में कुल 3200 यात्री एवं 1100 कर्मचारी यात्रा कर रहे हैं। इस सबको समाने के लिए जहाज की लंबाई 273 मीटर यानी लगभग 900 फुट है। मैं जहाज के दूसरे डेक पर हूँ।

हमारा जलपोत गहरे सागर में आ गया है और मायामी की मायानगरी अदृश्य हो गई है। अब हम कक्ष से बाहर निकलकर 'एलिवेटर्स लॉबी' में आते हैं, जहाँ प्रकाश हलका-सा है, जिसमें सब कुछ स्वर्णनिर्मित एवं रत्नजटित-सा दिखाई पड़ता है। उस चकाचौंध में हमारा मस्तिष्क जब समष्टि से व्यष्टि पर केंद्रित होता है, तब हम पाते हैं कि वहाँ दो दिशाओं में आमने-सामने बंद कमरे वाले तीन-तीन एलिवेटर्स हैं, एक दिशा में काँच की दीवारों वाले चार एलिवेटर्स हैं और उनके सामने की दिशा में चमचमाती कालीन आच्छादित सीढ़ियाँ हैं। हम पारदर्शक काँच वाले एलिवेटर में चढ़ते हैं। हमारे नेत्रों के सामने से गुजरती हर मंजिल इंद्रधनुषी एवं अप्रतिम सुंदर है। 'लीडो' नामक नवें डेक पर हम बाहर आते हैं और डेक के खुले भाग की ओर चल देते हैं। एक स्टेडियम जैसा दृश्य दिखाई देता है—सर्वप्रथम दायें-बायें खूब चौड़ी सीढ़ियाँ हैं, जिन पर सैकड़ों आराम-कुर्सियाँ बिछी हुई हैं। फिर स्विमिंग पूल, उसके दायें-बायें जा-कूजी और बच्चों के स्विमिंग पूल। उसके पश्चात सिनेमा-हॉल के बराबर स्क्रीन जिस पर चलचित्र दिखाई दे रहा है, उसके पीछे 'बार' और रेस्तराँ तथा दायें-बायें कुर्सियाँ और मेजें, जिन पर बैठकर खाते-पीते हुए सागर-दर्शन का आनंद लिया जा सकता है। इन सबके पीछे था एक बहुत बड़ा भोजनालय। इस भोजनालय के पीछे था दूसरा रेस्तराँ, बार और फिर स्विमिंग पूल और जा-कूजी। उसके दायें पिज्जा बार, जहाँ चौबीसों घंटे मनचाहा पिज्जा मिनटों में बनवाया जा सकता है। उसकी बगल में चौबीसों घंटे खुलने वाला डिलाई रेस्तराँ। इन सबके पीछे रखी कुर्सियों से पोत के जंबो आकार के पंखों से पीछे छोड़े जाने वाले जल का अनिर्वचनीय दृश्य दिखाई देता है—नील जल में उठने वाली श्वेत फेनिल जलधारा जो पीछे सहस्रों मीटर तक ऐसा दृश्य बनाती है, जैसा यदा-कदा सायंकाल के आकाश में उड़ते हुए जंबो-जेट बनाते हैं। हमने विशालकाय लीडो रेस्तराँ में लंच लिया और बाहर आकर दसवें डेक पर चढ़ गए। वहाँ एक ओर बच्चों की वाटर-स्लाइड, टेबुल-टेनिस व बास्केटबॉल के क्रीड़ा-स्थल और दूसरी ओर स्पा, ब्यूटी-सलून, योग-कक्ष आदि तथा उसकी छत पर दौड़ लगाने के लिए लंबा-चौड़ा ट्रैक था।

अपने कक्ष में लौटकर घंटे भर के लिए हम निद्रारानी की गोद में खो गए। जागने पर कक्ष में रखे उस दिन के कार्यक्रम का अध्ययन किया, तब पता चला कि अभी तो हमने इस नगरी का अंशमात्र देखा है। भोजनालयों में भी अभी तक केवल

अनौपचारिक प्रकार के ही देखे हैं। रात्रि-भोज के लिए तो औपचारिक प्रकार के अनेक अन्य भोजनालय हैं, जहाँ रात्रि-भोज में मनपसंद भोजन शाही अंदाज में परोसा जाता है। उस समय प्रतिदिन पोत के व्यवस्थापक हमसे पूछने आते हैं कि हम कैसे हैं और हमें भोजन कैसा लगा, हमारे मनचाहे पोज में फोटो लिए जाते हैं, यदि किसी की किसी प्रकार की वर्षगाँठ है तो गा-गाकर बधाई दी जाती है और विभिन्न देशों का संगीत-नृत्य सुनाया-दिखाया जाता है। एक रात्रि भोजन के बीच समस्त परिचारकों ने ए. आर. रहमान के 'जय हो' गाने की धुन पर नृत्य कर हम भारतीयों को विशेषतः आनंदित किया। इस इंद्रनगरी में छप्पन–संभवतः उससे भी कहीं अधिक प्रकार के–भोजन, अनगिनत प्रकार के पेय, फल एवं मिष्टान्न चौबीसों घंटे सजे-सजाए लगे रहते हैं, ताकि हमारी इच्छा करते ही उपलब्ध हो सकें। संसार का संभवतः विरला ही देश होगा जहाँ के स्वादिष्टतम भोज्य एवं पेय पदार्थ तथा फल-फूल यहाँ उपलब्ध न हों। फिर हम चाहे कितना भी खाएँ-पिएँ और चाहे कितना भी बरबाद करें, किसी को कोई अंतर नहीं पड़ता है क्योंकि सभी पदार्थ प्रातः एवं सायं दोनों समय इतनी मात्रा में बनाए जाते हैं कि क्विंटलों में बचते हैं जिन्हें दोनों समय पाताल लोक की अतल गहराइयों में फेंक दिया जाता है।

यह इंद्रनगरी चौबीसों घंटे जागृत रहती है–विशेषतः रात्रि जैसे-जैसे गहराती जाती है, यहाँ की चमक एवं उछाह द्विगुणित होते जाते हैं। इस उछाह को बनाए रखने एवं बढ़ाते रहने के लिए यहाँ इतने प्रकार के कार्यक्रमों का आयोजन किया जाता है कि कोई व्यक्ति न तो सबको देख-सुन सके और न ऊब सके। यद्यपि प्रथम दिवस जलपोत अपराह्न 4 बजे चला था, तथापि उस दिन 'वेल्कम अबोर्ड शो', गिटार म्यूजिक, कैरीबिअन म्यूजिक, फन म्यूजिक, शोबैंड, लैटिन म्यूजिक, करिओके पार्टी, पिआनो म्यूजिक, सिंग-अलांग पार्टी, डांसिंग म्यूजिक, डांस साउंड्स, हिट दि जैकपॉट, फन पैट्रोल, गेम-शो, डिस्को-डांस, प्रोमेनेड पार्टी, लेजर-टैग, टैट्टू-यू, लिकर-टेस्टिंग आदि के अतिरिक्त तीन विशेष कार्यक्रम बच्चों को अभिभावकों से अलग रहकर खेलने, बहलाने और खिलाने-पिलाने के लिए आयोजित थे। एक रात्रि हमारी 6 वर्ष की पोती अदिति 1:30 बजे रात्रि में और 11 वर्ष का पोता देवांश 3:30 बजे प्रातः इन बच्चों की पार्टियों से मुस्कराते हुए लौटकर आए थे।

सायं होने से पूर्व जब हम नवें तल पर खुले आकाश से समुद्र-दर्शन करने निकले, तब देखा कि स्वर्ग की परंपरानुसार इस नगरी में विश्व की सुंदरतम अप्सराएँ स्विमिंग सूट (अर्थात् दो इंच चौड़ी दो पट्टियाँ) धारण किये हुए, इठलाकर चलते हुए, जान-पहचान वालों एवं अजनबियों से भी मुस्कराकर गुड-मॉर्निंग, गुड-इवनिंग

करते हुए, स्विमिंग पूल में मछली के समान बिअर पीते और तैरते हुए, अथवा मगर के समान निश्चल होकर आराम-कुर्सियों पर इच्छानुसार चित-पट लेटे हुए बहुतायत में मिलती हैं। इंद्र के दरबार में जो अप्सराएँ हैं, वे बदन को पूर्णतः ढककर रखती हैं, परंतु चूँकि यह पृथ्वी पर उतरा स्वर्ग है अतः यहाँ की अप्सराओं में बदन को अधिकतम खुला रखने की होड़ लगी रहती है। विश्व के समस्त देशों से आई सुंदरियाँ अधिकांशतः दो इंच चौड़ी एक पट्टी को धागे से बाँधकर उसकी गाँठ पीठ पर और दूसरी की दो गाँठें कमर पर दायें-बायें बाँध लेती हैं। ये प्रायः जलाशय में मछलियों की भाँति तैरती अथवा किनारे पर पड़ी आराम-कुर्सियों पर लेटकर सुरापान करती रहती हैं। परंतु उसी नगण्य परिधान में वे अन्यत्र भी घूमती-फिरती, आपस में गपियाती, अपने बॉयफ्रेंड से चिपकी हुई, अथवा आइस्क्रीम भकोसती हुयी पाई जाती हैं। सभी को प्रारंभ में ही स्पष्ट बता दिया गया है कि इस नगरी का नियम है 'कैजुअल लिविंग' अर्थात् डिनर के समय को छोड़कर नंगे-उघारे ही घूमने की सबसे अपेक्षा की जाती है। देवों एवं अप्सराओं की निकटता के यहाँ के नियम भी स्वर्ग लोक के नियमों की तुलना में शिथिल हैं और छोटे से जा-कूजी में अनेक पुरुष एवं अप्सराएँ एक साथ स्नान-मद्यपान करते रहते हैं। जलक्रीड़ा के पश्चात् बाहर निकलकर ये सुंदरियाँ धूप सेंकने हेतु आराम कुर्सियों पर ऐसे पसर जाती हैं जैसे भीष्म को अपनी प्रतिज्ञा तोड़ देने हेतु चुनौती दे रही हों। उन्हें यदि अपने पृष्ठ-भाग को सेंकने की इच्छा होती है, तो उलटे लेटकर पीठ पर बँधे धागे को भी खोल देती हैं। चूँकि सुंदरता के वास्तविक भान के लिए असुंदरता की यदा-कदा उपस्थिति आवश्यक होती है, अतः इन सुंदरियों के अगल-बगल एक-से-एक भीमकाय श्वेत-श्याम वर्ण की थुल-थुल बदनीया भी मिल जाती हैं। ये संसार में भोजन के आधिक्य का जीता-जागता प्रमाण होती हैं।

उनतालीस घंटे की अहर्निश यात्रा के उपरांत तीसरे दिन प्रातः 7 बजे हमारा पोत ग्रैंड टर्क आइलैंड पहुँचता है। हमने आइलैंड गें फिशिंग, स्नोर्केलिंग, डाइविंग, साइट-सीइंग आदि के टिकट नहीं लिए थे, अतः जलपोत के पहुँचने के समय हम आराम से सोते रहे थे। आठ बजे जागने पर हम पाते हैं कि भूलोक का एक सुंदरतम खंड हमारे पोत के समक्ष स्थित है। बीच के निकट ही हमारे पोत में भीमकाय लंगर डाल दिये गए हैं। 'अर्ली बर्ड्स' पोत से उतरकर बीच पर स्नान करने लगे हैं। चार घंटे के बाद हम आराम से तैयार होकर बीच-टॉवेल लेकर पोत से उतरकर द्वीप पर ऐसे आते हैं, जैसे देवता स्वर्ग से उतरकर पृथ्वी पर आएँ। द्वीप में प्रवेश देने से पूर्व हमारे पासपोर्ट सहित हमारी चेकिंग की जाती है। चेकिंग हेतु खड़े सिक्योरिटी वाले

से पूछने पर पता चलता है कि यह द्वीप ब्रिटेन के अधीन है। पोत से बाहर आते-आते आकाश में छाए घटाटोप बादल बरसने लगते हैं। उनका बरसना कोई विशेष दृश्य उपस्थित न करता, यदि ये बादल अनवरत भयानक तुमुलनाद मचाते हुए गरज न रहे होते। बादलों के मध्य तड़ित की ऐसी मायावी चमक एवं टंकार हमने पहले कभी नहीं देखी-सुनी थी। वातावरण के इस आकस्मिक परिवर्तन के कारण हमें वह अविस्मरणीय दृश्य तो देखने को मिला, परंतु समुद्र में स्नान करने के आनंद से हम वंचित रह गए, क्योंकि स्नान करने वालों पर बिजली गिर जाने की आशंका के कारण बीच पर नियुक्त सुरक्षा गार्डों ने सभी स्नानार्थियों को समुद्र से बाहर कर दिया था। मैं बच्चों के साथ रेत पर खूब दौड़ा और विभिन्न प्रकार के घरौंदे बनाए। दो घंटे बाद हम पोत पर लौट आए। तब तक आकाश साफ हो चुका था और धूप निकल आई थी। हमारा पोत 2:30 बजे अपराह्न एक लंबा-सा साइरन बजाकर भीमकाय ह्वेल मछली के समान प्रस्थान कर चुका था और हम देर तक दसवें डेक पर खड़े होकर ग्रैंड टर्क के सिलुएट को देखते रहे थे। ग्रैंड टर्क से दूर अथाह सागर के मध्य पहुँचने पर हम फिर इंद्रनगरी के इंद्रजाल के वशीभूत हो अविरल आनंद में खो गए थे—कहीं नृत्य, कहीं गायन, कहीं विदूषक, कहीं चलचित्र और कहीं रात्रि के तिमिर में अठखेलियाँ करती सागर की लहरें।

अगले दिन नौ बजे प्रातः हमारा जलपोत 'हाफ मून की' नामक द्वीप के किनारे लंगर डाल चुका था। यह एक छोटा-सा द्वीप है जो कार्निवाल कंपनी का निजी द्वीप है। यह द्वीप आकार में छोटा अवश्य है, पर आनंद देने में खोटा नहीं है। यहाँ हमलोग जब उतरे तो तेज धूप के कारण गर्मी बहुत सता रही थी। कहीं-कहीं वृक्ष थे, परंतु आकार में छोटे थे। कार्निवाल कंपनी का निजी द्वीप होने के कारण उन्होंने यहाँ हमारे लिए स्थान-स्थान पर जल एवं भोजन का प्रबंध कर रखा था तथा कैरीबियन म्यूजिक से हमारा स्वागत किया था—आखिरकार पाँच दिन के लिए हम उनके दामाद जो थे! बीच के किनारे पर बैठने-लेटने के लिए आराम-कुर्सियों का भी प्रबंध किया था। वहाँ पहुँचकर हमने कपड़े उतारे और आनन-फानन में जल में तैरने लगे। पहले तो पानी बड़ा ठंडा लगा, परंतु एक डुबकी लेने के बाद अत्यंत आह्लादकारी लगने लगा। मैंने अपने जीवन में किसी बीच को इतना निर्मल एवं श्वेत नहीं देखा है। यद्यपि सैकड़ों लोग वहाँ स्नान कर रहे थे, परंतु कहीं भी गंदगी, फेना, कृमि अथवा खर-पतवार का जल में नामो-निशान नहीं था। बालू का पूर्णतः श्वेत रंग जल की निर्मलता में चार चाँद लगा रहा था।

चार बजे हम नवें डेक पर लौट आए। वहाँ से आकाश में पैरा सेलिंग करते हुए

लोग हमें मनुष्यों के चिड़ियों के समान उड़ने का भान करा रहे थे। स्पीड बोट में छतरीनुमा गुब्बारा लगाकर उसमें एक आदमी को बाँध दिया जाता था। फिर ढील देने पर और स्पीड बोट के समुद्र में आगे बढ़ने पर वह गुब्बारा पतंग की भाँति ऊपर उठता जाता था। यद्यपि गुब्बारे से बँधा व्यक्ति डोरी से स्पीड बोट से बँधा रहता था तथापि सैकड़ों फुट की ऊँचाई पर से उसे सागर उसी प्रकार का दिखता होगा जैसा चील को दिखता होगा। मेरी बहू अनामिका द्वारा एक महिला, जो पैरा सेलिंग करके लौटी थी, से यह पूछने पर कि सागर के ऊपर इस तरह उड़ते रहने में डर तो लगता होगा, उस महिला का उत्तर था कि डर चाहे कितना भी लगे, परंतु 'वन्स इन लाइफटाइम' का यह अनुभव छोड़ने लायक नहीं है।

सायं 5:30 बजे जलपोत के लंगर खोल दिये गए। उस रात्रि पैलेडियम लाउंज का 'लव ऐंड मैरिज शो' तथा रात्रि में 11:30 बजे प्रारंभ होने वाली लीडो में मेगाडेक पार्टी अत्यंत आह्लादकारी थे।

अगली प्रातः 8 बजे जब हमारा जलपोत रुका तो वह बहामाज के नासाव द्वीप के इतना अंदर घुस चुका था कि हमें लगा कि हम बीच शहर में आ गए हैं। पोत से उतरते समय बहामा के आदिवासियों की वेशभूषा में वहाँ खड़े एक व्यक्ति के साथ हमसे फोटो खिंचवाने का आग्रह किया गया। जब हम उसके दोनों ओर खड़े होने लगे, तो हमें आश्चर्यमिश्रित हर्ष तब हुआ जब वह मेरी पत्नी नीरजा से शुद्ध हिंदी में बोला,

"माता जी, आप बाईं ओर आ जाइए।"

पूछने पर ज्ञात हुआ कि जहाज पर काम करने वाले गोआ निवासी कर्मचारियों में से एक को आदिवासी बनाकर खड़ा कर दिया गया था।

फिर जब हमलोग द्वीप घूमने के लिए वैन को किराये पर लेने लगे, तो हमारे साथ यात्रा कर रहे प्रदीप कुमार सपरिवार आ गए और उनकी चार सवारियाँ मिलाकर वैन को पूरी दस सवारियाँ मिल गईं और हमलोग हिंदी में गप मारते हुए द्वीप भ्रमण पर चल दिए। वैन का ड्राइवर साइमन बड़ा समझदार और दिलदार आदमी था—वह न केवल हमें बहामा के इतिहास, भूगोल, राजनीति एवं समाज का ज्ञान कराता रहा, वरन बहामा के गीत भी सुनाता रहा। वहाँ के वर्तमान गवर्नर जनरल के आवास के सामने कोलंबस का स्मारक है। वह वहाँ 1485 में आया था। कुछ दूर पर एक छोटा-सा किला है, जो प्रारंभ में आए स्पैनिश लोगों द्वारा समुद्री लुटेरों का मुकाबला करने के लिए बनाया गया था। कालांतर में वहाँ ब्रिटिश का कब्जा हो गया था। आजकल एक लाख पचासी हजार की आबादी वाला बहामा एक स्वतंत्र देश है परंतु

कॉमनवेल्थ की सदस्य है। बहामा की आमदनी का मुख्य स्रोत सैलानी हैं। अधिकांश लोग क्रिश्चियन हैं। बहामा द्वीप के आसपास छोटे-छोटे अनेक द्वीप हैं, और वह ब्लू लगून भी है जहाँ इस नाम की प्रसिद्ध फिल्म की शूटिंग हुई थी। यद्यपि द्वीप का बाजार एक कस्बे जैसा लगता है, परंतु दूर समुद्र के किनारे स्थित पाँच-सितारा एटलांटिस होटल की शान सचमुच निराली है। इस होटल का मछलीघर विश्व स्तरीय है। सायंकाल 6 बजे जब हमारा जलयान बहामा छोड़ रहा था, हम बहुत देर तक दसवें डेक से द्वीप को निहारते रहे थे। उस दृश्य को हम तभी मन से ओझल कर पाए थे जब रात्रि में पैलेडियम लाउंज की नैसर्गिक छटा में आयोजित विश्व के अनेक देशों के नृत्यक्रम ने हमारा मन मोह लिया। ब्रिटेन, फ्रांस, रूस, टर्की, रोमानिया, थाईलैंड आदि देशों के नृत्य एक के पश्चात एक बिना एक पल के व्यवधान के ऐसे प्रस्तुत किए जा रहे थे जैसे चलचित्र में देख रहे हों। उस रात्रि हम और कुछ देखने की बजाय उन उत्कृष्ट नृत्यों के स्वप्नों में खोकर सो गए। अत्यंत लो-लेवल यात्रा है

प्रातः आठ बजे जब हमारा जलयान मायामी के किनारे पर आ लगा, तब हम अपने को स्वर्ग-भृष्ट देवता समझ रहे थे। ब्लैक लोग ही रहते हैं, जिनके लड़कों के विषय में एक सर्वे में पाया गया है कि उनमें से 50 प्रतिशत 18 वर्ष की आयु से पहले ही या तो जेल में बंद हो जाते हैं या आपसी हिंसक घटनाओं में मारे जाते हैं। फिर अगर आप डाउनटाउन में बच भी गए तो बसों में भी अधिकतर ब्लैक लोग ही चलते हैं, जो बड़े हॉट-हेडेड होते हैं और प्रायः आउट भी रहते हैं—पता नहीं उनमें से कौन कब किस यात्री अथवा ड्राइवर पर हमला कर दे।"

यह सुनकर अपनी तो सिट्टी-पिट्टी गुम हो गई—अनजाने देश में रात के अँधेरे में अगर किसी भीमकाय बॉक्सर ने एक घूँसा भी जमा दिया तो डॉक्टर के पास पहुँचाए जाने से पहले ही अल्लाह को प्यारे हो जाएँगे। अतः उस रात ऐसे खयालों के कारण अपने को नींद नहीं आई। दूसरे दिन और पूछताछ करने पर ज्ञात हुआ कि शराब के नशे में ड्राइवर पर हमला कर देने की दो घटनाएँ तो हाल में ही हो चुकी हैं, जिनमें से एक में ड्राइवर का गला काट दिए जाने से वह तो मर ही गया था, साथ में बस के एक्सिडेंट हो जाने के फलस्वरूप तीन यात्री भी मर गए थे। पर जिन सज्जन ने यह बात बताई, उन्होंने यह भी कहा, "यह ग्रेहाउंड की यात्रा त्यागने का पर्याप्त कारण नहीं है, क्योंकि इंडिया में क्या प्रायः लूटपाट की घटनाएँ बसों व ट्रेनों में नहीं होती रहती हैं?"

उनकी इस बात में हमें धैर्य दिलाने लायक कुछ भी न था। परंतु अन्य कोई उपाय न होने के कारण हमें ग्रेहाउंड की यात्रा करनी ही पड़ी।

चीन में 'चालो-चालो'

'चालो-चालो'—आधुनिक वेशभूषा में एक छरहरी चीनी लड़की दाहिने हाथ में एक झंडी लेकर बीजिंग हवाई अड्डे पर सप्रयत्न हिंदी बोलकर पुकार लगा रही थी।

20 अगस्त, 2014 को सायं 9 बजे मैं अपनी पत्नी नीरजा द्विवेदी के साथ बीजिंग हवाई अड्डे पर अपना सामान एक ट्रॉली में लेकर बाहर निकल रहा था। तभी उसे अपनी भाषा में पुकारते हुए देखकर हम दोनों एक पल को आश्चर्यचकित हुए थे, परंतु फिर अपने अन्य साथियों को उसके निकट एकत्रित होते देखकर समझ गए थे कि वह हमारी गाइड है—नीना गाइड। दिल्ली से शंघाई के लिए उड़ा हमारा विमान वर्षा के प्रकोप के कारण शंघाई-हांगकांग अंतरराष्ट्रीय टर्मिनल पर उतरने की बजाय टर्मिनल-2 पर उतरा था। हम दिल्ली से रात्रि 2:30 बजे चले थे और ढाई घंटे के समय-अंतराल को जोड़ते हुए 11 बजे दिन में शंघाई पहुँचे थे। वहाँ से दूसरे वायुयान से बीजिंग जाना था। टर्मिनल-2 से शंघाई-हांगकांग टर्मिनल पहुँचने में अफरा-तफरी मच गई थी। 'अंतरराष्ट्रीय हिंदी सम्मेलन' में भाग लेने गए हमारे 53 साथियों के समूह को तीन अलग-अलग बसें मिल पाई थीं। शंघाई से बीजिंग जाने वाली हमारी पूर्वनिर्धारित उड़ान छूट गई थी और हम तीन अलग-अलग उड़ानों से बीजिंग पहुँच पाए थे। मैं और नीरजा दूसरी उड़ान में थे। पहली उड़ान से पहुँचने वाले साथी वहाँ हमारी प्रतीक्षा कर रहे थे। कुल 45 लोग पहुँच गए थे, शेष 8 से किसी प्रकार का संपर्क नहीं हो पा रहा था। हम न केवल थके हुए थे, वरन किसी व्यक्ति के हिंदी अथवा अंग्रेजी न समझ पाने के कारण घबराये हुए भी थे। गाइड को देखकर बड़ी शांति मिली थी। वह फर्राटे से अंग्रेजी बोल लेती थी। जब उसने बताया कि और देर करने पर हमें भोजन नहीं मिल पाएगा, तब शेष 8 साथियों को उनके भाग्य और समझदारी पर छोड़कर हम गाइड द्वारा लाई बस से 'गेंजेज इंडियन रेस्तराँ' को चल दिए। रात्रि में बीजिंग परिणय हेतु सजी एक दुल्हन-सा लग रहा

था–सड़क के एक ओर ऊँचे-ऊँचे अपार्टमेंट टावर्स और दूसरी ओर वैसे ही ऊँचे कार्यालय भवन। सभी अपार्टमेंट टावर्स चौकोर आयताकार थे परंतु कार्यालय भवनों में कोई वर्गाकार, कोई वृत्ताकार, कोई मत्स्याकार, कोई नौकाकार तथा कोई उमेठे धागे के समान ऐंठे हुए थे। उनकी जगमगाहट अद्भुत थी–विशेषकर चीनी भाषा में लिखे आड़ी, तिरछी एवं लंबवत सतरों के अक्षर-समूह भित्ति पर खचित चित्र सम अनोखे और चित्ताकर्षक लग रहे थे। यद्यपि टावर्स के ये प्रकाश पुंज भिन्न-भिन्न रंगों के थे, परंतु उनमें लाल रंग का बाहुल्य था। नीना न केवल वाचाल एवं चपल थी वरन बड़ी चतुर भी थी। वह बड़े विस्तार से हमें विभिन्न भवनों के विषय में बता रही थी, जिससे उनमें हमारी रुचि और बढ़ रही थी। वह हमारी चीन यात्रा के दौरान प्रस्तुत होने वाली विभिन्न समस्याओं और उनके समाधान के विषय में भी जानकारी दे रही थी, जैसे चीनी करेंसी, जो युवान कहलाती है, प्राप्त करने हेतु उसने बताया कि उसे डॉलर या रुपया देकर कोई कभी भी उससे नीना मनी (अर्थात् युवान) ले सकता है। वह दस रुपये में एक युवान दे रही थी, जबकि बीजिंग हवाई अड्डे पर करेंसी-एक्सचेंज हेतु लगे यंत्र ने मुझे साढ़े दस रुपये में एक युवान का भाव दिया था। वह हमारे मोबाइल में प्रयोग के लिए वहाँ के सिम कार्ड भी बेच रही थी। 'गैंजेज इंडियन रेस्तराँ' के प्रबंधक श्री ज्ञान सपकोटा ने खुले हृदय से हमारा स्वागत किया और बहुत ही स्वादिष्ट निरामिष एवं सामिष भोजन कराया। तत्पश्चात हम ताइ-सन होटल जाकर घोड़े बेचकर सो गए थे।

स्वास्थ्यवर्धक भोजन

21 अगस्त को प्रातः 8:30 बजे तक ताइ-सन होटल में सबने नाश्ता किया। नाश्ते में अनेक प्रकार के सामिष चीनी सूप, सी फूड, अंडे आदि के अतिरिक्त सलाद, भिगोया चना, उबली तथा तेल में पकी पालक जैसी सब्जी, उबली मक्का, गाजर, सेब और अन्य चीनी फल, उबले आलू, डबल रोटी, मक्खन, चाय, कॉफी आदि विभिन्न प्रकार के स्वास्थ्यवर्धक भोज्य और पेय पदार्थ थे। हाँ, वहाँ की चाय अवश्य केवल दो प्रकार–ग्रीन टी अथवा ब्लैक टी–की थी और चीन में दोनों ही बिना दूध और शर्करा के पी जाती हैं। बाद में नीना ने हमें बताया कि चीनी लोग सुबह ही लाइट ग्रीन टी बनाकर बोतल में भरकर रख लेते हैं और पानी की जगह वही पीते रहते हैं, जो उन्हें स्वस्थ एवं छरहरा रखती है। और हम सचमुच यह देखकर अचंभित थे कि बीजिंग के लगभग सभी पुरुष एवं महिलाएँ लंबे और छरहरे थे, जबकि इंग्लैंड, अमरीका जाने पर वहाँ एक-से-एक मोटे लोगों की भरमार देखने को मिलती है।

अंतरराष्ट्रीय हिंदी सम्मेलन

प्रातः 9 बजे से होटल के ही एक कक्ष में श्री जय प्रकाश मानस के संयोजकत्व में अंतरराष्ट्रीय हिंदी सम्मेलन का शुभारंभ हुआ। इसके मुख्य अतिथि थे डॉ. खगेंद्र ठाकुर और अध्यक्षा थीं डॉ. रंजना अरगड़े। विशिष्ट अतिथियों में मैं भी एक था। बीजिंग विश्वविद्यालय के हिंदी विभाग की एक चीनी महिला प्रोफेसर और एक भारतीय मूल के प्रोफेसर शर्मा विशेष आमंत्रित थे। प्रथम सत्र मुख्यतः 'हिंदी का बाजार एवं बाजार की हिंदी' विषय पर केंद्रित था। बीजिंग विश्वविद्यालय के प्रोफेसर शर्मा अपने भाषण में चीनियों की समयबद्धता, कर्मठता, और निष्ठा की प्रशंसा करते हुए कह गए कि हमें उनसे सीख लेनी चाहिए और अपने देश वापस जाने पर उनका अनुकरण करना और कराना चाहिए। इस पर एक विशिष्ट अतिथि भड़क गए और उन्होंने अपने वक्तव्य में चीनी प्रोफेसर के समक्ष ऐसा कहने को लज्जाजनक और भर्त्सना योग्य वक्तव्य बता डाला। माहौल पर्याप्त गर्म हो गया था, परंतु प्रोफेसर शर्मा मुस्कराते हुए चुप रहकर उसे शांत रखने में सफल रहे। मुझे ऐसा लगा कि हम अपनी कमियों को दूर करने के प्रति जितने उदासीन हैं, उतने ही अपनी आलोचना से भड़क जाने वाले लोग हैं। मनोविज्ञान में यह स्थिति हीन-भावना ग्रस्त होने की द्योतक है। द्वितीय सत्र सम्मान, अलंकरण आदि का सत्र था। तृतीय सत्र नवप्रकाशित पुस्तकों के लोकार्पण का सत्र था। इसमें मेरी पत्नी नीरजा द्विवेदी के बाल कथा संग्रह 'आलसी गीदड़' का भी लोकार्पण हुआ।

तियेनमेन स्क्वायर एवं फॉरबिडेन सिटी

अपराह्न में हम तियेनमेन स्क्वायर गए। यह 74 हेक्टेयर में फैला विश्व का विशालतम पार्क है, जिसे देखने विश्व भर से सहस्रों लोग प्रतिदिन आते हैं। इसके उत्तरी ओर चीन की पार्लियामेंट है, जिसके सामने दक्षिण की ओर चीन का राष्ट्रीय संग्रहालय है। परंतु सबसे महत्वपूर्ण है इन दोनों के बीच का पूर्वी दिशा का भवन, जहाँ से इस पार्क में एकत्रित जनसमूह को अक्तूबर, 1949 में संसार के महानतम नेताओं में से एक माओ-त्से-तुंग ने 'प्यूपिल्स रिपब्लिक ऑफ चाइना' की स्थापना की घोषणा की थी। यहीं से प्रारंभ होता है फॉरबिडेन सिटी, जो लगभग 2000 वर्ष तक चीन के सम्राटों का निवास रहा है। प्रवेश भवन में पाँच दरवाजे हैं—बीच का केवल सम्राट और साम्राज्ञी हेतु, उसके दायें-बायें के दो दरवाजे सम्राट के परिवार हेतु, और उनके दायें-बायें के दो दरवाजे उच्चपदस्थ अधिकारियों हेतु। अंदर भव्य महल है और उनके पीछे हैं सम्राटों के कल्लोल स्थल और सबके बाद हैं सम्राटों व सामंतों

के कब्रगाह। इसे फॉरबिडेन सिटी इसलिए कहा जाता है कि यहाँ जनसाधारण का प्रवेश पूर्णतः निषिद्ध था। दूसरा कारण यह है कि सम्राटों की सेवा में जो सहस्रों सुंदर लड़कियाँ पकड़कर उनकी रखैल बना दी जाती थीं, उनका एक बार इसमें प्रवेश होने के पश्चात जीवन में कभी भी बाहर निकलना नहीं होता था।

एक्रोबैटिक शो

रात्रि में हमने एक भव्य थिएटर में चीन की अद्भुत नट-कला देखी। चीनियों के लाल और पीले रंग से लगाव के कारण ऐसा लग रहा था जैसे हम परी-संसार में विचरण कर रहे हों।

चीन की महान दीवार

22 अगस्त की प्रातः नाश्ते के बाद हमलोग चीन की दीवार देखने चल दिए थे और लगभग डेढ़ घंटे में वहाँ पहुँच गए थे। यह दीवार अधिकांशतः छोटे-छोटे पर्वतों के ऊपर बनायी गई है। इसकी लंबाई 5600 किलोमीटर है। इसका उद्देश्य साम्राज्य को उत्तर दिशा से आने वाले आक्रमणकारियों से बचाना था। अतः प्रत्येक 300 मीटर की दूरी के उपरांत एक चौकी बनायी गई है, जिससे आक्रमणकारियों की गतिविधि होने पर एक-दूसरे को सचेत किया जा सके। इस दीवार का निर्माण वर्ष 221 ईसा पूर्व में प्रारंभ हुआ था और तीन चरणों में आज से लगभग 300 वर्ष पूर्व में पूरा हुआ था। इसके निर्माण में सैकड़ों श्रमिकों के प्राण चल बसे थे, जिनके शरीर को हृदयहीनता के साथ उसी दीवार में चुनवा दिया जाता था। आज यह विश्व इतिहास की संरक्षित धरोहर है और विश्व के सात आश्चर्यों में से एक।

ओलंपिक स्टेडियम

बीजिंग वापसी के दौरान हमने वहाँ का ओलंपिक स्टेडियम देखा, जो स्थापत्य कला के श्रेष्ठतम उदाहरणों में से एक है। इसके निकट की सड़क की दोनों दिशाओं में आने-जाने हेतु आठ-आठ लेन (पाँच मुख्य सड़क पर और तीन बगल की सड़क पर) बनाये गए हैं।

हिंदी सम्मेलन में रचना पाठ

सायंकाल से सम्मेलन पुनः प्रारंभ हुआ, जिसमें प्रतिभागियों को अपनी रचनाओं का पाठ करना था। मैंने भी अपनी मनोवैज्ञानिक कविता 'यह मन क्या है?' का पाठ किया।

बीजिंग से शंघाई

23 अगस्त को 11:20 बजे पूर्वाह्न हमारी ट्रेन बीजिंग से शंघाई के लिए चली थी। यह आकार में एक लंबी श्वेत मछली के समान थी। यह अधिकांश स्टेशनों पर रुकने वाली धीमी गति की ट्रेन थी, फिर भी 250 किलोमीटर की गति से चलती थी। चीन में सबसे द्रुतगति से चलने वाली बुलेट ट्रेन पर तो हम अगले दिन शंघाई में बैठे थे, जिसकी अधिकतम गति 431 किलोमीटर प्रति घंटा थी। यद्यपि प्रत्येक डिब्बे में शौचालय के निकट कूड़ादान उपलब्ध थे, तथापि प्रत्येक तीन घंटे के अंतराल पर एक लड़की एक बड़ा-सा पॉलिथीन का झोला लेकर यात्रियों से कूड़ा ले जाती थी। सफाई के प्रति ऐसी सतर्कता मैंने विश्वप्रसिद्ध स्विट्‌जरलैंड की ट्रेनों में भी नहीं देखी थी। पटरी के दोनों ओर बड़े-बड़े हरे-भरे खेत थे। यहाँ मैं प्रयत्न करने पर भी कोई स्थान ऊसर, बंजर अथवा खाली पड़ा नहीं देख पाया। पगडंडियों को छोड़कर प्रत्येक इंच धरती पर या तो खेत थे अथवा जंगल और पर्वत। नीना गाइड हमें पहले ही बता चुकी थी कि चीन में खेती मशीनों से ही होती है। गाँवों के मकान एक अथवा दो मंजिलों के थे, जिन पर खपरैल पड़े हुए थे जिससे शरद ऋतु में पड़ने वाली बर्फ पिघलकर बह जाए। यद्यपि अगस्त के माह में वहाँ का औसत तापमान 30 डिग्री सेंटिग्रेड था, परंतु शरद ऋतु में उत्तरी ध्रुव से बिना किसी रुकावट के आने वाली बर्फीली हवाएँ वहाँ का तापमान माइनस 15 डिग्री सेंटिग्रेड तक गिरा देती हैं।

बुद्ध मंदिर

24 से 26 अगस्त तक शंघाई में हमारी गाइड दूसरी लंबी छरहरी लड़की थी—एलिस। यद्यपि वह 'र' को 'ल' और 'व' को 'फ' उच्चारित करती थी परंतु बेरी को 'बेबी' कहती थी। उसे चीन के समाज एवं संस्कृति तथा आधुनिक भारत की सभ्यता का अच्छा ज्ञान था। मैंने न तो बीजिंग में और न शंघाई में कोई मंदिर, मस्जिद, चर्च अथवा गुरुद्वारा देखा था। अतः जब उसने बुद्ध मंदिर दिखाने की बात कही, तो मैंने उससे इसका कारण पूछा। उसने बताया कि वहाँ समस्त भूमि सरकार की है और सरकार समस्त भूमि का उपयोग केवल जनहित में करती है। अधिकांश पुराने मंदिर, मस्जिद ध्वस्त कर दिये गए हैं और नए बनाने की अनुमति नहीं मिलती है। केवल यह 1912 का बुद्ध मंदिर किसी प्रकार बचा है। बुद्ध मंदिर अन्य चीनी भवनों एवं मूर्तियों की भाँति भव्य और रंग-बिरंगा था।

ह्वांगपो रिवर क्रूज

यह कथन अतिशयोक्ति न होगा कि जिसने फेरी पर सवार होकर रात्रि में अनंत प्रकार के प्रकाश-पुंजों से सुशोभित ह्वांगपो नदी के तट पर स्थित उच्च अट्टालिकाओं और नदी पर सरकती नावों को नहीं देखा, उसने शंघाई नहीं देखा। शंघाई के आकर्षण और रोमांच की चरम स्थिति था वह एक घंटे का क्रूज।

द गार्डेन

यद्यपि आज यह एक बार्गेन-मार्केट मात्र है, परंतु चीन की प्राचीन स्थापत्य कला का सुंदरतम नमूना है। एक प्राचीन सेठ के प्राचीन चीनी शैली के आवास और उसके सामने के बड़े से बाग को मीना बाजार में बदल दिया गया है। यहाँ अब बाग नहीं है, परंतु अनेक भवन उसी प्राचीन भवन की शैली के बन गए हैं जहाँ भाँति-भाँति की असली-नकली वस्तुएँ बिकती हैं। मोल-भाव का हाल यह है कि हमारे साथ के चावला जी को दो खिलौनों का मूल्य 250 युवान बताया गया, और चावला जी के 50 युवान का भाव बोलकर अड़े रहने पर उसी मूल्य पर बेच दिया गया।

चीन की संस्कृति, राजनीति एवं शासकीय नियंत्रण

चीन की प्राचीन संस्कृति भारतीय संस्कृति जैसी है जिसमें बड़ों के लिए आदर-सम्मान और सद्गुणों की महत्ता की भावना निहित है। इसमें कनफ्यूशियस और बुद्ध की शिक्षा का गहरा प्रभाव है। शंघाई एअरपोर्ट पर कुरसी पर बैठी हुई एक युवती की गोद का शिशु बगल में खड़ी हुई मेरी पत्नी को देखकर किलकारी मारकर हँसने लगा। मैं उस युवती से उसकी फोटो लेने की अनुमति माँगने लगा। वह अंग्रेजी जानने वाली चीनी युवती अनुमति देते हुए खड़ी हो गई और मेरी पत्नी से कुरसी पर बैठने को कहने लगी। मेरे प्रतिरोध पर वह कहने लगी कि हमारी सभ्यता में बड़ों के खड़े होने पर छोटे कुरसी पर नहीं बैठते हैं। यूरोप और अमरीका की अनेक यात्राओं के दौरान मैंने असहायों की सहायतार्थ लोगों को उठते तो देखा था, परंतु बड़ों के सम्मानार्थ ऐसा करते किसी को नहीं देखा था। दुर्भाग्यवश अब यह संस्कृति चीन के महानगरों से लुप्त हो रही है।

कुछ प्राप्त करने के लिए कुछ खोना भी पड़ता है

चीनियों को इतनी द्रुतगति से प्रगति करने हेतु अपनी वैयक्तिक स्वतंत्रता को खोना पड़ा है। चीन में केवल एक राजनीतिक दल की अनुमति है–'साम्यवादी दल'। उसी

दल के प्रत्याशी को चुनना जनता की बाध्यता है। मीडिया पर पूर्ण शासकीय नियंत्रण है—यहाँ तक कि गूगल भी प्रतिबंधित है। एलिस ने हमें बताया था कि तिएनमेन स्क्वायर में छात्रों पर हुए गोलीकांड के विषय में उससे अधिक तो हम जानते होंगे, क्योंकि शासन को लांछित करने वाला कोई समाचार मीडिया द्वारा प्रसारित ही नहीं किया जाता है। बड़े नगरों में एक युगल को केवल एक बच्चा पैदा करने की अनुमति है—ट्विंस के जन्म को छोड़कर। अधिक पैदा करने पर उन्हें सेवाच्युत कर दिया जाता है। किसी के पास अपना कोई मकान नहीं है, क्योंकि समस्त भूमि सरकारी है। फ्लैट प्रायः छोटे (लगभग 800 वर्गफुट के) होते हैं और केवल 70 वर्ष के पट्टे पर मिलते हैं और वह भी बहुत महँगे। 23 वर्ष से कम की आयु में किसी को विवाह की अनुमति नहीं है। फ्लैट न क्रय कर पाने के कारण अनेक युवा कुँआरे ही रह जाते हैं। जीवन संघर्षमय होने के कारण जो विवाह होते भी हैं, उनमें 30-35 प्रतिशत का विवाह-विच्छेद हो जाता है।

एलिस ने एक बड़ी उत्फुल्लकारी बात बताई थी कि चीनी लड़कियाँ भारतीय युवाओं को बहुत पसंद करती हैं क्योंकि उनकी आँखें बड़ी-बड़ी होती हैं जबकि चीनियों की हाथी की भाँति छोटी, भारतीयों की नाक नुकीली होती है जबकि चीनियों की चपटी और भारतीयों का चेहरा लंबा होता है जबकि चीनियों का गोल। परंतु हमारी प्रफुल्लता पर तब पानी फिर गया था जब उसने आगे कहा था कि भारतीय स्त्री और पुरुष विवाहपूर्व तो बड़े स्मार्ट लगते हैं, परंतु पता नहीं क्यों विवाहोपरांत असंगत स्थानों पर मोटे हो जाते हैं।

26 अगस्त को रात्रि 9 बजे की उड़ान से हमलोग चीन की मधुर स्मृतियाँ मानस में सँजोकर भारत लौट आए।

हाँ, चलते चलते एक बात और—हमारे साहित्यकार समूह में दो प्रोफेसर सहेलियाँ थीं—रंजना अरगड़े और नयना डेलीवाला। वे मेरी 68 वर्षीया पत्नी नीरजा द्विवेदी को देखकर इतनी प्रभावित हुईं कि उनका नाम फिल्म की प्रसिद्ध नायिका के नाम पर नूतन रख दिया। तबसे मेरी पत्नी मुझे भी अधिक सुंदर लगने लगी हैं।

उत्तरी अमरीका का आकर्षण

वर्ष 2016 के जून माह से प्रारंभ कर लगभग साढ़े तीन माह का अमरीका, कनाडा और इंग्लैंड की यात्रा का कार्यक्रम मैंने वर्ष 2015 में ही बना लिया था और जनवरी, 2016 में दिल्ली से नेवार्क (1 जून), नेवार्क से सियाटल (11 जून), सियाटल से शार्लट (9 अगस्त), शार्लट से लंदन (23 अगस्त), और लंदन से दिल्ली (11 सितंबर) का मल्टीसिटी हवाई टिकट क्रय कर लिया था। इसके अतिरिक्त सियाटल से वायुयान से ऐंकरेज (अलास्का) का टिकट (24 जुलाई) और सीवार्ड से जलयान से वैंकूवर (24 जुलाई) क्रूज पर यात्रा का टिकट भी खरीद लिया था। जहाज की वापसी में हमें 31 जुलाई को वैंकूवर (कनाडा) में उतारना था। धर्मपत्नी नीरजा का टिकट भी लिया था। यद्यपि वह प्रारंभ में कुछ कुड़मुड़ाई थीं, परंतु थोड़ी बहुत मानमनौवल के बाद सहर्ष राजी हो गई थीं। मैंने सोचा था कि पहले से टिकट खरीद लेने पर सस्ता पड़ेगा। परंतु आजकल अंतरराष्ट्रीय हवाई टिकट का भाव किसी अवधि अथवा नियम का पाबंद नहीं है। मेरा मल्टीसिटी टिकट 1785 डॉलर का आया था और जब मैंने यात्रा प्रारंभ करने से ठीक पहले उसी रूट के टिकट को इंटरनेट पर देखा, तो वह एक्सपीडिया पर केवल 1467 डॉलर में मिल रहा था। मैंने उसे देखकर अपने को ठगा-सा महसूस किया था, क्योंकि मेरे और पत्नी नीरजा के दोनों टिकटों पर कुल मिलाकर 640 डॉलर अर्थात् लगभग 42,000 रुपये का अधिक भुगतान मैंने किया था। जले पर नमक तब लगा जब मैंने इंटरनेट पर यह भी देखा कि अलास्का क्रूज के टिकट, जो लगभग 1500 डॉलर प्रति व्यक्ति हमने खरीदे थे, भी अब पहले खरीदे गए टिकट से सस्ते ही मिल रहे थे। मई माह में जब विदेशी मुद्रा लेने की बात सोची, तो डॉलर सातवें आसमान पर जा रहा था। स्टेट बैंक, जहाँ का भाव सबसे सस्ता होता है, से भी 67.94 रुपये का एक डॉलर ही मिला। मेडिकल इंश्योरेंस कराने के लिए जब विभिन्न कंपनियों की दर देखी, तो होश गुम होने लगे क्योंकि हम दोनों

का बीमा लगभग 70,000 रुपये में हो रहा दिखता था। तब तक इंटरनेट पर पॉलिसी बाजार नामक कंपनी का विज्ञापन दिखाई पड़ गया। उसने ढूँढ़कर सबसे सस्ती पॉलिसी बता दी और नीरजा के लिए लगभग 15 हजार और मेरे लिए आयु 70 वर्ष से अधिक होने के कारण लगभग 21 हजार रुपये ही देने पड़े। इससे एक बात मेरी समझ में अच्छी तरह आ गई कि अंतरराष्ट्रीय यात्रा पर निकलो तो किसी भी वस्तु का मूल्य बस उसी क्षण और उसी विक्रेता के लिए समझो, जिस क्षण और जिस विक्रेता द्वारा वह वस्तु ले रहे हो। अंतरराष्ट्रीय यात्री की मानसिक दृढ़ता कुछ-कुछ जुआरियों जैसी होनी चाहिए जहाँ वित्तीय हानि-लाभ क्षण-क्षण का खेल होता है और अच्छा खिलाड़ी विचलित हुए बिना खेलता रहता है।

फिर यह समस्या उठी कि सामान को सीमित कैसे किया जाए—लखनऊ से दिल्ली की देशी यात्रा इंडिगो से थी जिसमें चेक-इन में केवल 15 किलो प्रति व्यक्ति, हैंड बैगेज में एक आठ किलो के कैरी बैग तथा एक लैपटॉप बैग अथवा पर्स की अनुमति होती है। अतिरिक्त सामान होने पर लगभग 250 रुपये प्रति किलो की दर से अतिरिक्त चार्ज देना होता है। अलास्का की यात्रा के कारण पर्याप्त गर्म कपड़ों के बिना काम नहीं चल सकता था। लखनऊ से दिल्ली की हवाई यात्रा उसी शाम की थी, जिस रात्रि में दिल्ली से लंदन का जहाज उड़ता था। कुछ दिन पहले मैंने इंटरनेट पर देखा कि उस शाम लखनऊ और दिल्ली दोनों में तूफान आने की संभावना है, अतः इस आशंका से कि कहीं लखनऊ से दिल्ली का जहाज लेट न हो जाए और लंदन का जहाज छूट न जाए, हम दोनों एक दिन पहले ही लखनऊ मेल से दिल्ली के लिए रवाना हो लिए। इससे सामान की समस्या तो हल हो गई, क्योंकि रेल में 35 किलो और अंतरराष्ट्रीय उड़ान में 23 किलो सामान चेक-इन किया जा सकता था, परंतु पहले से क्रय किये गए लखनऊ से दिल्ली के हवाई टिकट का एक पैसा भी वापस न मिला।

हमारा मल्टीसिटी टिकट तो अमरीकन एअरलाइंस का था, परंतु अमरीकन एअरलाइंस और ब्रिटिश एअरवेज दोनों कंपनियों में कोड शेयर है और ब्रिटिश एअरवेज का जहाज हमें लंदन और उन्हीं का दूसरा जहाज लंदन से नेवार्क ले जा रहा था। मैंने तदनुसार नेवार्क में रहने वाले अपने भाँजे राजेश शुक्ला को ई-मेल से बता दिया था। उन्हें ही हमें लेने के लिए एअरपोर्ट आना था। नीरजा को लंबी दूरी तक पैदल चलने में कठिनाई होती है, अतः मैंने उनके लिए व्हीलचेयर का अनुरोध ऑनलाइन चेक-इन करते समय कर दिया था। नीरजा को एअरपोर्ट की लंबी दूरी पर पैदल चलने से बच जाने के अलावा व्हीलचेयर के कुछ अन्य लाभ भी मिले।

इमिग्रेशन क्लियरेंस, सिक्योरिटी क्लियरेंस तथा बोर्डिंग में अन्य यात्रियों की अपेक्षा नीरजा को प्राथमिकता मिली। मैं चूँकि नीरजा का सहयात्री था, अतः ये सभी लाभ मुझे भी वैसे ही प्राप्त हो रहे थे जैसे गेहूँ के साथ बथुए को पानी लग जाता है। हमें यह देखकर सुखद आश्चर्य हुआ था कि लंदन के हीथ्रो एअरपोर्ट और न्यू जर्सी के नेवार्क एअरपोर्ट की अपेक्षा दिल्ली एअरपोर्ट पर न केवल जन सुविधाएँ अधिक सुलभता से उपलब्ध थीं वरन कर्मचारियों का व्यवहार भी अधिक विनम्र था। दिल्ली के डिपार्चर लाउंज में सामान्य कुर्सियों के अतिरिक्त अनेक आराम कुर्सियाँ भी पड़ी थीं, जिन पर सोया जा सकता था। यहाँ प्रत्येक डिपार्चर गेट के निकट रेस्ट रूम्स थे, जिनमें कर्मचारी अनवरत सफाई में लगे रहते थे। इन तीनों एअरपोर्ट्स में से लंदन और नेवार्क एअरपोर्ट दोनों पर व्हीलचेयर खींचने वाले कर्मचारियों ने अपने हाव-भाव से टिप प्राप्त करने की अपेक्षा प्रदर्शित की थी और मेरे टिप देने पर सधन्यवाद स्वीकार भी की थी, जबकि दिल्ली पर उसने इसकी अपेक्षा ही नहीं की थी और हमें डिपार्चर गेट पर पहुँचाकर शीघ्र आगे बढ़ गया था। दिल्ली एअरपोर्ट पर एक विज्ञापन भी दिखाया जा रहा था कि इस वर्ष इस एअरपोर्ट को जनसुविधाओं में विश्व में सर्वोत्तम होने का सम्मान मिला है। पहले तो मैंने इस विज्ञापन को गंभीरता से नहीं लिया था परंतु तीनों एअरपोर्ट्स देखने के उपरांत जब मुझे इस विज्ञापन की सच्चाई का भान हुआ, तो मेरा मस्तिष्क गर्व से ऊँचा उठ गया था।

दिल्ली से जहाज उड़ते ही खिड़की से नीचे दिल्ली की दीवाली-सी चमाचम छटा दिखने लगी, परंतु कुछ देर बाद नीचे बादल आ जाने पर रात्रि में दिखना बंद हो गया। फिर कुछ देर पश्चात ही डिनर दिया जाने लगा और सभी लोग खाने-पीने में व्यस्त हो गए। तत्पश्चात खिड़कियों को बंद कर दिया गया और बत्तियाँ बुझा दी गईं। यद्यपि मेरा मन सोने की बजाय बाहर देखते रहने का था, परंतु मजबूरन दूसरे यात्रियों की भाँति हम भी सोने का प्रयत्न करने लगे। परंतु निद्रारानी इतनी आसानी से कहाँ कृपालु होती हैं। एक तो पतली सीट और दूसरे लगातार चलने वाली एअर-कंडीशनिंग से उत्पन्न ठंडक—नींद बार-बार टूट जाती और मैं बार-बार सामने की सीट के पीछे लगे स्क्रीन पर कभी पिक्चर और कभी फ्लाइट-पाथ देखने लगता था। हमारा जहाज भारत से पाकिस्तान, कजाखस्तान, कैस्पियन सागर, बेलारूस, पोलैंड, जर्मनी, हॉलैंड से इंग्लैंड के रास्ते जा रहा था। जहाज लगभग 39-40,000 फुट की ऊँचाई पर उड़ रहा था। उसकी गति लगभग 1,100 किलोमीटर प्रति घंटा थी। परंतु सबसे रोमांचकारी था बाहर के तापमान का अंक—लगभग 50 डिग्री सेंटिग्रेड शून्य से नीचे। तभी हमारा ध्यानाकर्षण करने के लिए अलार्म-घंटी बजी और

पायलट की आवाज सुनाई दी कि आगे कुछ दूर तक मौसम खराब है। सभी यात्रीगण सीट पर आ जाएँ और सीट-बेल्ट बाँध लें। हमने जैसे ही बेल्ट बाँधी हमारा जहाज ऐसे हिलने लगा जैसे हवाई जहाज न होकर गाँव की कच्ची सड़क पर चल रही बैलगाड़ी हो। ऐसे में मन में भय का संचार होना स्वाभाविक था। मैंने नीरजा को ढाढ़स दिलाने हेतु उसका हाथ कसकर पकड़ लिया था। 10-12 मिनट के बाद ही स्टॉर्म से बाहर आ जाने की घोषणा हुई और हवाई जहाज फिर हवा में निष्कंप उड़ने लगा। जर्मनी से आगे बढ़ते ही नाश्ता दे दिया गया और उसके पश्चात खिड़कियाँ खोल दी गईं। इंग्लैंड आते-आते प्रातः हो गई थी और मैं खिड़की से देर तक लंदन की छटा निहारता रहा। ऊँची-ऊँची अट्टालिकाओं के बीच सर्पिणी-सी लहराती टेम्स नदी की छटा सम्मोहित करने वाली थी। हीथ्रो एअरपोर्ट पर जहाज से बाहर निकलते ही नीरजा के लिए व्हीलचेयर तैयार मिली और हम नेवार्क जाने वाले जहाज हेतु निर्धारित गेट के लिए चल दिए। हीथ्रो एअरपोर्ट पर एक बोर्ड पर लिखा था कि हीथ्रो समुद्र के किनारे पर है और समुद्रतल से नीचे स्थित है। यह पढ़कर उतरते ही मेरे मन में यह खयाल आया था कि पता नहीं कब ग्लोबल वार्मिंग के फलस्वरूप यह जलसमाधि ले लेगा। हीथ्रो हवाई अड्डे के अंदरूनी रास्ते यात्रियों को चकरघिन्नी बना देते हैं—कभी दायें, कभी बायें, कभी लिफ्ट से ऊपर, तो कभी एस्केलेटर से नीचे, परंतु हमें कोई कठिनाई नहीं हुई, क्योंकि व्हीलचेयर वाला हमें सबसे छोटे रास्ते से उस गेट पर ले गया, जहाँ से नेवार्क का जहाज उड़ना था।

नेवार्क का जहाज चार घंटे बाद उड़ना था, अतः देर तक प्रतीक्षा करनी पड़ी और हम इस बीच लंदन हवाई अड्डे के नजारे देखते रहे। दुनिया के लगभग सभी देशों के जहाज और यात्री इस हवाई अड्डे पर आते हैं—अपना-अपना रंगरूप और अपनी-अपनी भाषा, परंतु सभी में गंतव्य पर शीघ्र पहुँचने की एक-सी छटपटाहट तथा नए व्यक्ति से बातचीत करने की प्रारंभिक हिचकिचाहट होती है। जहाज में नीरजा को विंडो सीट मिली थी, मैं बीच में था और मेरी बगल में आइल सीट पर एक मोटा-सा अश्वेत व्यक्ति बैठा था। वह बातचीत प्रारंभ करने के विषय में अन्य सामान्य यात्रियों से बिलकुल भिन्न था। वह प्रारंभ से ही शांत न बैठकर कुछ-न-कुछ हरकत कर रहा था। जहाज उड़ने के कुछ देर बाद हमें खाना दिया गया। जब हम खाना खा चुके और एअरहोस्टेस प्लेटें उठाने आई, तो उसने मेरी प्लेट भी उठाकर एअरहोस्टेस को दे दी। मेरे सामने की सीट के टी.वी. स्क्रीन पर पिक्चर चलाने का सिस्टम पिछले जहाज से भिन्न था। मैं उसे छूकर समझने का प्रयत्न कर रहा था कि मेरी बगल में बैठे उस अश्वेत व्यक्ति ने अपना हाथ बढ़ाकर उसे चला दिया।

इस प्रक्रिया में वह मेरे ऊपर दाहिनी ओर लद-सा गया था। उसकी सप्रयास बेतकल्लुफी देखकर मैं समझ गया कि वह बात प्रारंभ करने का बहाना ढूँढ़ रहा था। अतः मैंने 'थैंक्स' कहने के उपरांत उससे पूछ लिया कि वह कहाँ से आ रहा है। बस फिर क्या था–देर से बंद नाला जैसे खुल गया हो! वह बताने लगा कि वह नाइजीरिया का मूल निवासी है और वहीं से आ रहा है। वर्तमान में अमरीका में न्यू जर्सी में रह रहा है। वहीं बीवी-बच्चे रहते हैं। अपनी नौकरी एवं परिवार आदि के विषय में भी विस्तार से बता गया। बीच में साँस लेने को रुका तो मैंने पूछ दिया कि समाचारों से पता चलता है कि नाइजीरिया की हालत तो बहुत खराब है, बोको हरम वाले सैकड़ों लोगों का कत्ल कर रहे हैं और हाल में एक बोर्डिंग हाउस से 200 लड़कियों को उठाकर ले गए थे। वह बोला, "यस, यस, दिस इज बिकॉज ऑफ टू मच मनी एंड टू मच पॉवर्टी।" मैं उसका अर्थ स्पष्ट नहीं समझ सका, और मैंने कहा कि 1982-83 में नाइजीरिया की एक लड़की मेरे साथ लंडन स्कूल ऑफ इकॉनॉमिक्स में पढ़ती थी। तब सबसे अधिक पैसे लेकर वही घूमती थी, क्योंकि एक नाइजीरियन पाउंड में लगभग डेढ़ ब्रिटिश पाउंड मिलते थे और अब तो नाइजीरियन पाउंड को कोई पूछता भी नहीं है। ऐसा क्यों हुआ। क्या तेल के भंडार समाप्त हो गए हैं? उसने उत्तर दिया, "इट इज ऑल बिकॉज ऑफ टू मच मनी एंड टू मच पॉवर्टी, बिकॉज ऑफ टू मच करप्शन।" आवश्यक सावधानी बरतते हुए मैंने आगे पूछा कि क्या बोको हरम मुस्लिमों का संगठन है। उसने कहा कि हाँ, यह मुस्लिमों का संगठन है और वह स्वयं भी मुस्लिम है, परंतु "इट इज ऑल बिकॉज ऑफ टू मच मनी एंड टू मच पॉवर्टी एंड लैक ऑफ एजुकेशन एमंग मुस्लिम्स।" यद्यपि वह मुझे खुले विचारों वाला व्यक्ति लग रहा था, तथापि अन्य अनेक मुस्लिमों की भाँति उसे भी इस तथ्य को स्वीकार करने में कठिनाई थी कि चाहे निर्धनता और विषमता आतंकवादी समस्या के लिए उपयुक्त भूमि उपलब्ध कराती हो, उसकी जड़ कट्टर मौलानाओं द्वारा दी जाने वाली मजहबी सीख है। यदि गरीबी अथवा अशिक्षा इसके कारण होते, तो अमरीका में पढ़ने वाले इंजीनियर निर्दोष व्यक्तियों को मारने के लिए ट्विन-टॉवर से हवाई जहाज न टकराते और बहिश्त के ख्वाब के लिए आत्महत्या न करते। इस तरह बातचीत में सात घंटे आसानी से बीत गए और हम नेवार्क पहुँच गए।

404 सेसीलिया प्लेस, न्यू जर्सी

यद्यपि अमरीका में महानगरों के सिटी-सेंटर्स से बाहर ऐसे घर कम मिलते हैं, जिनके

आसपास के वातावरण की तुलना भारत के एक सामान्य पिकनिक स्पॉट से न की जा सके, तथापि न्यू जर्सी में क्लिफसाइड पार्क पर स्थित राजेश शुक्ला का घर 404 सेसीलिया प्लेस अनेक अन्य विशेषताओं से भी विभूषित है। यह हडसन नदी के किनारे पहाड़ी पर स्थित है और इसकी खिड़कियों से हडसन का विशाल फाँट, उसमें उठती जलतरंगें, मंथरगति से बहते जलयान और उसके पार न्यू यॉर्क के मैनहट्टन की ऊँची-ऊँची इमारतें ऐसी मनोहारी छटा प्रस्तुत करती हैं कि मैं दिन और रात्रि में बार-बार उन्हें देखने का लोभ संवरण नहीं कर पा रहा था। राजेश और उनकी पत्नी रेखा, जिनका घर का नाम बेबी है, 11 सितंबर, 2001 को ट्विन-टॉवर्स पर हुए आक्रमण के समय घर पर यहीं थे और पहली टॉवर से धुआँ निकलने पर जब उनका ध्यान उधर गया था, तब दूसरी टॉवर की ओर आते और उससे टकराते हवाई जहाज तथा उससे टॉवर के ध्वंस होने का पूरा दृश्य उन्होंने देखा था। रात्रि में मैं व नीरजा बेसमेंट, जहाँ बेडरूम, फैमिली-रूम जिसमें छोटी-सी दीवार के आकार का टीवी रखा है और किचेन, लांड्री, बाथरूम आदि सब कुछ हैं, में सोए थे। प्रातः जब जागे तो बेसमेंट की विशालकाय खिड़की से देखा कि मैनहट्टन का एक गगनचुंबी भवन स्वर्ण के रंग का हो गया था और उससे स्वर्णिम किरणें प्रवाहित हो रही थीं। अप्रतिम एवं आश्चर्यजनक दृश्य था। हम उसे देखकर ऐसे अभिभूत हो गए कि हमें यह समझने में कुछ समय लगा कि यह उगते सूर्य की ललछौहीं किरणों के उस भवन के शीशे की दीवारों से परावर्तन का परिणाम है। कुछ मिनटों के लिए ही सही हमने सोने की लंका के एक विशाल भवन के दर्शन कर लिए थे।

दो जून को अपराह्न हम चाय पीकर बैठे थे कि सियाटिल से मेरे बेटे देवर्षि का फोन आया कि मेरे भतीजे मुकुल द्विवेदी, जो मथुरा में एस. पी. सिटी के पद पर नियुक्त था, की आततायी भीड़ द्वारा निर्मम हत्या कर दी गई है। हम दोनों सन्न रह गए। मुकुल हँसमुख, प्रियंवद और संवेदनशील व्यक्ति तथा जनप्रिय अधिकारी था। टीवी खोला तो समाचारवाचक चीख-चीखकर कह रहा था कि अनुशासित अधिकारी होने के कारण उसे प्रदेश के भ्रष्ट राजनीतिकों ने बलि का बकरा बना दिया था। मैं 4 जून की प्रातः की फ्लाइट से मथुरा के लिए वापस रवाना हो गया और परिवार को यथासंभव सांत्वना देकर 8 जून को भारत से नेवार्क लौट आया। इतना कम समय होते हुए भी इस बार मेरा जाने तथा वापसी का टिकट केवल 865 डॉलर में मिल गया था। 9 जून को साहित्यकार श्री राम बाबू गौतम, जो न्यू जर्सी में पास ही रहते थे, हमसे मिलने आए। वह उत्तर प्रदेश में मेरे मूल निवास के पड़ोस के जनपद के रहने वाले हैं और हम दोनों की ई-कविता

समूह की सदस्यता के कारण पूर्व-परिचित भी हैं। उनसे मिलकर अच्छा लगा। ई-कविता समूह के सर्जक श्री अनूप भार्गव भी न्यू जर्सी में ही रहते हैं। उनसे मिलने हेतु फोन पर वार्ता हुई, परंतु दूरी के कारण और मेरे भारत चले जाने के कारण मिलना न हो सका। 10 जून को मेरे छोटे भाई रमेश चंद्र द्विवेदी और उनकी पत्नी रश्मि द्विवेदी, जो डेलावेयर में रहते हैं, हमसे मिलने आए। बड़े दिन बाद मिले थे, इसलिए अच्छा लगा, परंतु बड़ी जल्दी वापस चले गए, यह अच्छा नहीं लगा।

11 जून को हम अमरीकन एअरलाइन्स की फ्लाइट से सियाटिल आ गए। एअरपोर्ट ले जाते समय राजेश शुक्ला हमें होयसाला रेस्तराँ ले गए, जहाँ अत्यंत स्वादिष्ट दक्षिण भारतीय भोजन करने को मिला। राजेश ने बताया कि लगभग एक सहस्र वर्ष पूर्व कर्नाटक में होयसाला वंश का राज्य था। वे न केवल वीर पुरुष थे, वरन जनकल्याण के प्रति भी सजग थे। वहाँ उन राजाओं का नाम बड़े आदर से लिया जाता है। उन्हीं के नाम पर इस रेस्तराँ का नाम रखा गया है।

सियाटिल नगर वाशिंगटन स्टेट का प्रमुख नगर है। न्यू जर्सी से इसकी दूरी लगभा 4500 किलोमीटर है। जून में यहाँ वैसा तापमान था, जैसा भारत में नवंबर के अंत में रहता है। इस नगर के निकट माइक्रोसॉफ्ट, अमेजॉन और बोइंग का मुख्यालय होने के कारण यह बहुत प्रसिद्धि पा चुका है। इसके पश्चिम में प्रशांत महासागर और उत्तर में कनाडा का सबसे सुंदर नगर वैंकूवर है। अमरीका के प्रत्येक प्रांत को उसके किसी गुण विशेष के अनुसार कोई-न-कोई नाम दिया गया है। वाशिंगटन स्टेट को एवरग्रीन स्टेट कहा जाता है क्योंकि यहाँ के अधिकांश वृक्ष कोनीफेरस हैं, जो गगनचुंबी होते हैं और जिनकी पत्तियाँ अन्य वृक्षों की तरह जाड़ों में झड़ती नहीं हैं। ये वृक्ष तपोनिष्ठ ऋषि के समान बिना कुम्हलाए अथवा मुरझाए हरे बने रहते हैं और सीधे ऊर्ध्वोन्मुख खड़े रहते हैं। इसके अतिरिक्त सियाटिल के आसपास लगभग वर्ष भर बारिश होने और मौसम तुलनात्मक रूप से सम रहने के कारण यहाँ प्रत्येक स्थान पर प्राकृतिक हरियाली रहती है। यहाँ की लेक वाशिंगटन भारत की विशालतम झीलों से भी बड़ी है। लगभग 20 किलोमीटर दूर पर स्थित लेक समामिश भी बड़ी मनमोहक है। सियाटिल सिटी सेंटर के बाहर आकर मुझे तो यहाँ हर जगह ऐसा लगता है कि कहीं भी दरी बिछाकर दिन भर पिकनिक की जा सकती है।

देवर्षि का घर लेक समामिश के पास रेडमंड में है। इस घर की प्रत्येक दीवार में बड़े-बड़े शीशे लगे हैं और कोई ग्रिल अथवा जाली भी नहीं है, जिससे बाहर हर तरफ का दृश्य स्पष्ट दिखता रहता है। पीछे के आँगन में बाउंड्री के साथ-साथ

14 ऊँचे-ऊँचे देवदार, चीड़, फर आदि के वृक्ष हैं। दाहिने कोने के तीन वृक्ष अलग प्रकार के हैं–इनके तने सफेद हैं और पत्तियाँ नुकीली न होकर मैपिल की छोटी पत्तियों जैसी हैं। लगभग एक दर्जन छोटे आकार के वृक्ष भी हैं, जिनमें एक पर हैमक (कपड़े का ऐसा झूला जिस पर लेटकर धूप अथवा शीत का आनंद लिया जा सकता है) लटका है। पास में लता गुल्म को लकड़ी के लट्ठों पर चढ़ाकर ग्रीनहाउस-सा बनाया हुआ है। उसके कुछ दूरी पर शीत ऋतु में तापने हेतु षट्कोणीय फायर-प्लेस बना है, जिसके चारों ओर 8-9 व्यक्ति बैठकर ताप सकते हैं। पास में ही जाकूजी है, जिसमें से निकलती पानी की तेज धाराएँ शरीर की गर्म और ठंडे पानी की मालिश करा देती हैं। यह बात कही जाती है कि अमरीका में हर चीज बड़ी होती है और मैं देख रहा हूँ कि यहाँ के गुलाब के पौधे व फूल भी हमारे गुलाबों से कई गुना बड़े हैं। सामने के लॉन में भिन्न-भिन्न आकार, रंग और फूलों वाले पेड़-पौधे शोभायमान हो रहे हैं–इनमें लवेंडर के पौधे पर आजकल खूब बैंगनी फूल खिले हुए हैं। इसकी मदमस्त करने वाली खुशबू के कारण इस पर अनेक भौंरे मँडराते रहते हैं। इसमें संदेह नहीं कि अपनी सुंदरता का आवंटन करते समय प्रकृति ने अमरीका के पक्ष में पक्षपात किया है, तथापि यह भी सत्य है कि अपने देश की जनसंख्या को अनियंत्रित ढंग से बढ़ने न देकर तथा वातावरण के प्रति अपनी संवेदनशीलता के कारण अमरीकन प्रकृति के सौंदर्य को बचाये हुए हैं।

देवांश का ग्रेजुएशन

मेरे पौत्र देवांश ने इस वर्ष हाई स्कूल (भारत का 12वाँ दर्जा) उत्तीर्ण किया है और अब वह यूनिवर्सिटी ऑफ वाशिंगटन में पढ़ेगा। अमरीका में बच्चा जब 5वीं (एलिमेंटरी स्कूल), 8वीं (मिडिल स्कूल) और 12वीं (हाई स्कूल) पास करता है, तब बड़ी धूमधाम से उसे सर्टिफिकेट बाँटे जाते हैं, जिसे ग्रेजुएशन कहते हैं। इनमें से हाई स्कूल की ग्रेजुएशन सेरेमनी का विशेष महत्व होता है और दूर-दूर से बच्चे के माता-पिता, दादी-बाबा, नाना-नानी आदि इसे देखने आते हैं। हमलोगों के इस समय सियाटिल आने का प्रमुख कारण यह था कि 14 जून को उसकी ग्रेजुएशन सेरेमनी थी। इसका आयोजन यूनिवर्सिटी ऑफ वाशिंगटन के विशाल स्टेडियम में किया गया था। यह यूनिवर्सिटी सियाटिल में है। रेडमंड से सियाटिल जाने में बीच में लेक वाशिंगटन पड़ी। इसे पार करने के लिए एक बहुत बड़ा पुल बना है, जो पौंटून्स पर बना है, क्योंकि लेक बहुत गहरी है। स्टेडियम खूब सजाया गया था। चारों ओर सीढ़ियों पर दर्शक बैठे थे और नीचे मंच पर स्कूल के अध्यापकगण। उनके सामने

दायें-बायें दोनों ओर गाउन में सजे विद्यार्थी बैठे थे और उनके पीछे मधुर संगीत बजाता हुआ ऑर्केस्ट्रा था। सेरेमनी के दौरान अनेक अध्यापकों के भाषण हुए। कुछ छात्रों द्वारा भी ऑर्केस्ट्रा के कतिपय यंत्र बजाये गए। हम सब को उत्तीर्ण छात्रों की सूची बाँटी गई और फिर छात्रों को उनके डिप्लोमा बाँटे गए। छात्रों की सूची में विशिष्ट योग्यता प्राप्त करने वाले छात्रों के नाम मोटे अक्षरों में लिखे थे। देवांश आत्मश्लाघा के प्रति संकोची स्वभाव का लड़का है, और उसने हमें नहीं बताया था कि वह भी उनमें से एक है। अतः मैं उस सूची को निस्पृह भाव से लिए बैठा था कि मेरी बगल में बैठी गोरी महिला ने कहा कि वह अपने नाती का ग्रेजुएशन देखने आई है और मुझसे बात करने लगी। उसने देवांश का नाम सूची में देखकर बताया कि अरे आप के ग्रैंडसन को तो विशिष्ट योग्यता प्राप्त करने का प्रमाण-पत्र भी मिलेगा। उसी ने मुझे दिखाया कि देवांश का नाम मोटे अक्षरों में लिखा हुआ है। हमें यह देखकर अत्यंत प्रसन्नता हुई। भारत, चीन और अन्य कतिपय दक्षिण एशियाई देशों के घरों की परंपराओं के फलस्वरूप अमरीका और अन्य पश्चिमी देशों में आजकल अधिकांश स्कूलों में भारत, थाईलैंड अथवा चीन के बच्चे ही उच्चतम स्थान प्राप्त कर रहे हैं। किसी समाज की किसी क्षेत्र विशेष में प्रगति उतनी संसाधनों पर निर्भर नहीं करती है, जितनी उसमें रहने वाले व्यक्तियों की उस दिशा में प्रगत्योन्मुखी सोच पर निर्भर करती है। आजकल संसाधन तो मध्य एशिया के देश तथा नाइजीरिया, पाकिस्तान, ट्यूनीसिया आदि में प्रचुर मात्रा में हैं, परंतु अपनी विध्वंसकारी और पतनोन्मुखी सोच के कारण ये देश बरबाद हो रहे हैं। दुर्भाग्यवश यह कैंसर अब यहाँ अमरीका में भी फैल रहा है—इसी जून में यहाँ फ्लोरिडा में एक व्यक्ति ने ऐसी विध्वंसकारी मजहबी सोच से उत्तेजित होकर समलैंगिक लोगों के एक क्लब में हमलाकर लगभग 50 लोगों की हत्या कर दी और सैकड़ों को घायल कर दिया।

अमरीका के श्वेत परिवारों में हमारे परिवारों की भाँति इस बात पर जोर नहीं दिया जाता है कि 'पढ़ोगे, लिखोगे तो होगे नवाब, खेलोगे-कूदोगे तो होगे खराब', तथापि बच्चों के बहुमुखी विकास और उनकी नैसर्गिक प्रतिभा के विकास के प्रति बहुत ध्यान दिया जाता है। अश्वेत परिवारों, जिन्होंने सदियों तक पशुओं-सा नारकीय जीवन जिया है, ने केवल गाने-बजाने व खेलकूद के क्षेत्र में ही प्रगति की है। दासता के दौरान इनमें से किसी को कभी भी किसी खरीददार को बेच दिया जाता था, अतः पारिवारिक संस्कृति बन ही नहीं पाती थी। इस कारण आज भी इनमें पारिवारिक प्रभाव नगण्य होता है और इसीलिए बच्चे अवांछनीय प्रवृत्तियों की ओर आसानी से

बढ़ जाते हैं। जिन सब-डिविजनों में अश्वेत बसने लगते हैं, वहाँ के मकानों की कीमत कम हो जाती है और श्वेत वहाँ से खिसकने लगते हैं। एटलांटा के सिटी सेंटर में अश्वेत बहुत हैं। वहाँ मेट्रो रेल चलती है, जिसे उससे सटी हुई लॉरेंस विल नामक काउंटी तक बढ़ाने का प्रस्ताव जब लाया गया, तो उस श्वेत बाहुल्य काउंटी के सदस्यों ने यह कहकर उसे पास नहीं होने दिया कि मेट्रो के आ जाने से आपराधिक तत्वों का उनकी काउंटी में आवागमन बढ़ जाएगा। परंतु अश्वेतों के एक गुण का मैं कायल हूँ कि जीवन के प्रत्येक क्षण को निःसंकोच एवं पूर्णता से जीने में उनका कोई सानी नहीं है। संभवतः सदियों तक जीवन की परिस्थितियों की अस्थिरता एवं अनिश्चितता ने उन्हें यह प्रवृत्ति प्रदान कर दी है।

संयोगवश 14 जून को ही मेरी और नीरजा की 51वीं वर्षगाँठ थी। देवर्षि और अनामिका ने इसे 12 जून (रविवार) को ही बड़ी धूमधाम से पार्टी आयोजित कर मना लिया था। अमरीका में कार्य-संस्कृति ही ऐसी है कि ऐसे सभी आयोजन कार्य-दिवस पर पड़ जाने पर निकटस्थ सप्ताहांत में ही मनाए जाते हैं। कार्य-दिवस पर किसी को फुर्सत ही नहीं होती है कि ऐसे आयोजन कर सकें अथवा उनमें भाग ले सकें।

19 जून को फादर्स डे था और देवांश ने मुझे और देवर्षि को दो-दो टी-शर्ट्स लाकर दीं और हमारे पैर छूते हुए बोला, "हैप्पी फादर्स डे!" मैं पहले कुछ आश्चर्यचकित हुआ और बात समझ में आने पर मैंने प्रसन्न होकर उसे थैंक्स कहा और प्यार किया। उसके पश्चात पुत्रवधू अनामिका और पुत्र देवर्षि ने मुझे सेंट की बोतल देते हुए 'हैप्पी फादर्स डे' कहा। सायंकाल वे हमें लेक वाशिंगटन ले गए, जहाँ हम देर तक पल-पल रंग बदलती लहरों और ठंडी हवाओं का आनंद लेते रहे। हमें यह देखकर आश्चर्य हो रहा था कि उतनी ठंड में अनेक व्यक्ति अपने छोटे-छोटे बच्चों सहित सपरिवार लेक में नहा रहे थे। वर्ष भर ठंडे वातावरण में रहने के कारण यहाँ के निवासियों को ठंड का आभास कम होता है। लेक के किनारे स्थित एक रेस्तराँ में हमने रात्रि-भोज किया। उसी समय एक हवाई जहाज लेक के पानी में दौड़ता आया और तेजी पकड़कर पानी से ही ऊपर उड़कर कहीं चला गया। लेक के दूसरी ओर पहाड़ियाँ थीं जिनके पीछे सूर्य अस्त हो रहा था। आकाश में यहाँ-वहाँ छाया बादल लेक के पानी का रंग बदल-बदलकर इंद्रधनुषी दृश्य प्रस्तुत कर रहा था। लौटते समय देवर्षि ने बताया कि ऐसा कोई रिश्ता, त्योहार अथवा महत्वपूर्ण प्राकृतिक अस्तित्व नहीं होगा, जिसके लिए अमरीका में एक दिन मनाया न जाता हो। लोगों का खयाल है कि इतने सारे हैप्पी डेज बना देने के पीछे अमरीका के ग्रीटिंग कार्ड बनाने वालों, फूल उगाने वालों और गिफ्ट्स की वस्तुएँ बेचने वालों का

हाथ है, जिससे उनका व्यापार बढ़ता रहे। मैं सोच रहा था कि इसमें संदेह नहीं कि वहाँ के व्यस्त जीवन में ये दिन संबंधों की कोमलता का एहसास और राष्ट्र तथा प्रकृति के प्रति उत्तरदायित्व का स्मरण कराते रहने में महत्वपूर्ण भूमिका निभाते हैं।

और मैं खो गया

20 जून को वह स्कूल बंद हो रहा था, जिसमें अनामिका स्पेशल-नीड के बच्चों को पढ़ाती थी। उसने 21 जून से एक साइंस कैंप में पढ़ाने का काम ले रखा था। अमरीका के जीवन में जहाँ बड़े-बड़े घरों, बड़ी-बड़ी कारों, बड़े-बड़े पार्कों और जीवन को सहज व सुविधाजनक बनाने वाली वस्तुओं की प्रचुरता है, वहीं यह भी सत्य है कि उनको प्राप्त करने के लिए अमरीका में रहने वाले परिवारों के प्रत्येक व्यक्ति को हाड़-तोड़ परिश्रम करना पड़ता है। कुछ कमा लेने के उद्देश्य से देवांश ने भी ग्रीष्मावकाश में इस कैंप में पढ़ाने का काम ले लिया था। मशीन की भाँति जिस तरह देवर्षि का परिवार दिन-रात काम में लगा रहता है, उसे देखकर नीरजा बोल पड़ी थीं, "मैंने अपने बच्चों को मजदूर बना देने के लिए अमरीका भेज दिया है।" परिश्रम करना यहाँ की कार्य-संस्कृति का अंग बन गया है, और बड़े-से-बड़ा आदमी छोटे-से-छोटा काम करने में अपनी हेठी नहीं समझता है। इस कार्य-संस्कृति और विश्व में कहीं से भी योग्यतम व्यक्तियों को ढूँढ़कर ले आने और उनको बढ़ावा देने की परंपरा का ही परिणाम है कि अमरीका संसार में सबसे अग्रणी देश बना हुआ है।

21 जून को प्रातः 8:30 बजे साइंस कैंप को जाते समय अनामिका मुझसे कह गई कि मैं बेटी अदिति को लेकर 12 बजे बेलव्यू टेक्नोलॉजिकल सेंटर आ जाऊँ। उसका रास्ता अदिति जानती है। दूरी लगभग एक मील है। मैं साढ़े ग्यारह बजने से पहले ही अदिति के साथ चल दिया। बेलव्यू टेक्नोलॉजिकल सेंटर पहुँचने से कुछ पहले से सड़क को मरम्मत करने वालों ने घेर रखा था और बायीं ओर जिधर सेंटर था, उधर गाड़ी-साइकिल और पैदल सभी का आना रोक दिया था। मैं चकित हो रहा था कि सेंटर की ओर कैसे पहुँचूँ, तब अदिति ने आगे बढ़कर कमान सँभाल ली। पहले सामने दूर चौराहे तक ले गई और फिर बायें दूर तक ले जाकर वापस लाई। सेंटर इतने क्षेत्रफल में फैला हुआ था कि हमें आधा-पौना मील अधिक चलना पड़ा। फोन से संपर्क करने पर अनामिका बाहर आकर अदिति को ले गई और मैं वापस चलने लगा। जाते-जाते उसने बताया कि वापसी में रुकावट नहीं होनी चाहिए और मैं सीधा सड़क पर चला जाऊँ। पर मैं जब सेंटर के कोने पर पहुँचा तो देखा कि

मरम्मतवालों ने इधर से जाने का पैदल का रास्ता भी खोद डाला था और रास्ता बंद होने के पीले-लाल रंग के मुग्दल जैसे साइन भी लगा दिए थे। दूर-दूर तक कोई व्यक्ति भी नजर नहीं आ रहा था, जिससे कुछ पूछा जा सके। अतः मैं बाहर निकलने का कोई दूसरा गेट ढूँढ़ने हेतु बाउंड्री वाल के किनारे-किनारे चल दिया। दूर-दूर तक खड़ी कारों के अतिरिक्त किसी आदमी का नामोनिशान नहीं दिखाई दे रहा था। लगभग 10 मिनट तक चलने के उपरांत जब नीरवता का भय मन में घर करने लगा, तब एक गेट दिखाई दिया। वहाँ से मैं एक सड़क पर आ तो गया, परंतु यह वह नहीं थी, जिससे मैं आया था। मैं वहाँ से घर की दिशा का अनुमान लगाकर उस पर चल दिया। मुझे कुछ-कुछ याद पड़ रहा था कि देवर्षि का मकान 167 एन. ई. एवेन्यू पर और 20वीं स्ट्रीट पर है। मेरे पास कोई टेलीफोन नहीं था, जिससे कुछ पूछ लूँ और न सड़क पर कोई आदमी नजर आ रहा था। मैं जिस सड़क पर जा रहा था, उसका नाम नॉर्थ अप वे था और लगभग आधा मील चलने के बाद उसे काटते हुए 164 एवेन्यू मिला। मैंने सोचा कि आगे सीधा चला जाऊँ तो 167 एवेन्यू आ जाएगा। आगे चलते-चलते 165 और 166 एवेन्यू मिले, परंतु 167 एवेन्यू नहीं मिला, वरन 168 एवेन्यू आ गया। मैंने सोचा कि हो सकता है कि 167 भी यहीं कहीं हो और उसी पर बायीं दिशा में चल दिया। काफी चलने के पश्चात भी वह नहीं मिला। अब तक मैं चलते-चलते थकने लगा था और मुझे प्यास लग रही थी। कार्य-दिवस की दोपहर होने के कारण किसी मकान के सामने अथवा अंदर किसी मनुष्य के होने का आभास भी नहीं हो रहा था। पूरा रास्ता वापस जाने का दम नहीं रह गया था।

यहाँ मकान ढूँढ़ने में कठिनाई का एक और कारण था कि मकानों के सामने कोई व्यक्ति अपना नाम अथवा पद नहीं लिखता है, केवल नंबर ही लिखता है। यहाँ हर सड़क व गली को नंबर दिया जाता है, और उसी से मकान का नंबर निश्चित होता है। परंतु उसमें भी न जाने क्या पेच है कि किसी भी अगले मकान का नंबर पिछले के आगे वाला नंबर नहीं होता है। यहाँ की भाषा में सड़कों व गलियों को भी अजीब-अजीब संज्ञाएँ दी गई हैं। सड़क से गराज तक घर के अंदर के छोटे-से मार्ग, जिसमें प्रायः कार पार्क कर दी जाती है, को ड्राइव वे कहते हैं और सैकड़ों मील लंबी चौड़ी सड़क, जहाँ कार पार्क करना कानूनन निषिद्ध है, को पार्कवे कहते हैं। लंबी सड़कों को केवल वे, फ्रीवे अथवा एक्स्प्रेसवे भी कहते हैं, परंतु देवर्षि के घर के आसपास तो 4 लेन वाली सड़कों को भी स्ट्रीट कहा गया है और इतनी ही चौड़ी सड़क को एवेन्यू भी कहा गया है। मुहल्ले की गलियों को प्लेस या स्ट्रीट कहा गया है।

सौ-पचास मीटर लंबी गली को कल-डी-सैक या क्लोज कहा गया है।

उस समय यह सब कुछ मेरे मन में भूलभुलैया-सी निर्मित कर रहा था और एक निराशा-सी घर करने लगी थी, कि तभी एक श्वेत वरिष्ठ नागरिक अपने मकान के लॉन में कार्य करता दिखाई दिया। 'डूबते को तिनके का सहारा'—मैंने उसके निकट जाकर कहा कि मैं खो गया हूँ और बताया कि मुझे 167 एन.ई.एवेन्यू, 20वीं स्ट्रीट कहीं नहीं मिल रही है। वह भी सोचने लगा और बोला, "यहाँ मकानों के नंबर ऐसे ही हैं कि कोई भी खो जाए, मैं अपनी पत्नी से पूछकर बताता हूँ।" वह अंदर जाने लगा, तो मैंने उससे कहा कि क्या मुझे एक गिलास पानी मिल सकता है। वह अंदर से पानी लाया और कहा कि ठीक से तो पत्नी भी नहीं बता पाई, परंतु उसने कहा है कि बायें चलते चले जाएँ, तो 24वीं स्ट्रीट आ जाएगी। वहाँ पूछ लें। धन्यवाद देकर जब मैं चलने लगा, तो उस भलेमानुस ने सहृदयता से कहा, "खेद है कि घर में प्लंबर आने के कारण मैं आप को कार से ले जाकर घर नहीं ढुँढ़वा पा रहा हूँ।"

कुछ दूर चलकर मैं फिर दिशाभ्रमित हो गया, जिसका कारण था वहाँ एक गली का 19वाँ नंबर होना, जिसके कारण मैंने सोचा कि 20वीं गली यहीं होगी और वहीं एक मकान के सामने बैठी महिला से 20वीं गली पूछ बैठा। वह 'नीम हकीम खतरे जान' निकली। उसने पर्याप्त सोचने के पश्चात बड़े विश्वास के साथ दाहिनी तरफ जाने को कह दिया। आगे चलकर मैं फिर चक्कर में पड़ गया, क्योंकि 167 एवेन्यू अथवा 20वीं गली का कहीं कोई साइन नहीं दिख रहा था। जिस मुहल्ले में पहुँचा था, वहाँ भी भुतही नीरवता थी, जो मेरे अंतर्तम को आशंकाग्रस्त कर रही थी। पर मरता क्या न करता। मैं वहीं एक जगह बायें मुड़कर चलता ही रहा, और पर्याप्त देरी के पश्चात मुझे इंटरलेक हाई स्कूल, जहाँ मेरा पौत्र देवांश मुझे पहले घुमाने ला चुका था, का साइन दिखाई दे गया। तब मेरी जान में जान आई और 20 मिनट बाद मैं देवर्षि के घर पहुँच गया।

स्लीप-ओवर

2, 3 जुलाई को शनि और रवि की छुट्टी और 4 को स्वतंत्रता-दिवस होने के कारण इस बार लांग वीक एंड था। पाँच दिन तक जमकर काम करने के बाद लांग वीक एंड्स का मिल जाना यहाँ बड़े सौभाग्य की बात होती है। देवांश ने अपने साथ के लड़कों को 2 जुलाई को स्लीप-ओवर अर्थात् देवांश के घर आकर खाने, खेलने और रात भर धमा-चौकड़ी करने का कार्यक्रम बना लिया था। ये बच्चे अधिकांश समय कंप्यूटर गेम खेलते रहे, मगर टीवी के पर्दे के डिजिटल योद्धाओं की किसी भी सफल

चाल पर ऐसे चिल्लाते थे जैसे भीम ने दुर्योधन की जंघा पर वार कर दिया हो। बड़ी मुश्किल से दूसरे दिन 12 बजे बच्चे अपने घर गए। मैंने पाया कि स्लीप-ओवर बच्चों के लिए उन्मुक्त आनंद उपलब्ध कराने के अतिरिक्त मैत्री को सुदृढ़ करने, अनौपचारिक संबंध स्थापित करने और पारस्परिक सहयोग की प्रवृत्ति जगाने का एक अच्छा माध्यम है।

4 जुलाई–अमरीका का स्वतंत्रता दिवस

कोलंबस इंडिया जाने के लिए निकला था, परंतु रास्ता भूल जाने के कारण अमरीका पहुँच गया था। यहाँ आकर उसने ललछौहें चेहरे वाले आदिवासियों को देखकर उन्हें रेड-इंडियंस का नाम दे दिया था। धीरे-धीरे अन्य यूरोपीय देशों के लोग भी यहाँ आने और यहाँ उपलब्ध अपार भूमि, वन तथा खनिज संपदा पर कब्जा जमाने लगे। इसमें बड़ी मारकाट हुई। युद्ध केवल श्वेत और रेड-इंडियंस के बीच ही नहीं हुए, वरन विभिन्न देशों के लोगों के बीच भी हुए। सभी देश के नागरिक आपस में अपने-अपने देश के कानूनों को मानते थे, परंतु जानवरों की भाँति खदेड़ते हुए पकड़कर लाये गए अश्वेतों के संबंध में कोई कानून नहीं मानते थे–उन्हें बेचना, खरीदना, उत्पीड़ित करना अथवा मार देना अपना हक समझते थे। 18वीं सदी में उत्तरी अमरीका के अधिकांश क्षेत्र में ब्रिटिशर्स का वर्चस्व स्थापित हो गया था, परंतु यहाँ के ब्रिटिशर्स भी अब अपने को ब्रिटेन से स्वतंत्र कर लेने की कामना करने लगे थे। 4 जुलाई, 1776 को विभिन्न देशों के उपनिवेशों ने मिलकर स्वतंत्रता की घोषणा कर दी और नवसृजित देश यूनाइटेड स्टेट्स ऑफ अमरीका का संविधान लागू कर दिया, जिसमें जेफर्सन ने लिखा–

'ऑल मेन आर क्रिएटेड इक्वल, एंड हैव राइट टु लिबर्टी, फ्रीडम ऑफ स्पीच, एंड ऑफ पर्सूट ऑफ हैप्पिनेस।'

दक्षिण के अनेक प्रांत जैसे जॉर्जिया, टेक्सस आदि, जहाँ के बड़े-बड़े जमींदारों की ऐशोआराम की जिंदगी अश्वेत गुलामों की फौज पर ही निर्भर थी, ने इसका विरोध किया, परंतु अंततः वे भी पराजित होकर यू. एस. ए. में सम्मिलित हो गए। फिर भी उन्होंने अश्वेतों के साथ भेदभाव की नीति अगली दो शताब्दियों तक जारी रखी, जिसको समाप्त करने की प्रक्रिया में लिंकन, मार्टिन लूथर किंग जैसे मानवतावादी व्यक्तियों ने अपनी प्राणाहुति दे दी। 18वीं शताब्दी में अमरीका की सामाजिक परिस्थितियों में सभी मानवों को समानता का अधिकार देना और राज्य की सभी धर्मों के प्रति समान भाव रखने की अवधारणा को संविधान में स्थान दिलाना जेफर्सन,

वाशिंगटन जैसे महामानवों के मानवतावादी दृष्टिकोण और अदम्य साहस का परिचायक है। सन् 1776 के अमरीका के संविधान और 1789 के फ्रेंच रेवोलूशन के उपरांत बने संविधानों ने विश्व के अनेक देशों को स्वतंत्रता की प्रेरणा देने और कानून में मानवीय समानता स्वीकार करने हेतु मार्गदर्शन किया है।

देवर्षि की अमरीकन नागरिकता की स्वीकृति कुछ दिन पहले ही हुई थी और 4 जुलाई, 2016 को उसे इस हेतु शपथ दिलाने की तिथि भी निश्चित थी। यह सियाटिल के सिटी सेंटर में स्थित स्पेस-नीडिल, जो इस नगर का सबसे बड़ा मानव-निर्मित पर्यटक आकर्षण केंद्र है, के निकटस्थ टाउन हॉल में होनी थी। इसे वाशिंगटन राज्य के गवर्नर और अन्य महत्वपूर्ण लोगों की उपस्थिति में यहाँ के जज द्वारा कराया जाना था। उस दिन शपथ लेने वालों को 9:30 बजे बुलाया गया था तथा समारोह को देखने हेतु जनसामान्य को 11:00 बजे आने की घोषणा की गई थी। मैं, नीरजा, अनामिका, देवांश और अदिति सभी लोग देवर्षि के साथ ही चले गए थे। वहाँ पहुचकर गगनचुंबी स्पेस-नीडिल एवं अत्याकर्षक कला केंद्र के फोटो लेते रहे थे। देवर्षि आवश्यक फॉर्म आदि भरते रहे थे। 11 बजे हमलोग हॉल में चले गए थे। यहाँ मंच के सामने शपथ ग्रहण करने वालों के बैठने हेतु स्थान था। हम सब दर्शकों में अधिकांश के लिए गैलरी में खड़े होने मात्र का स्थान था।

12 बजे राष्ट्रगान गाया गया। साथ में मंच के निकट पहले से उपस्थित ऑर्केस्ट्रा भी बज रहा था, परंतु मुझे राष्ट्रगान की ध्वनि वैसी प्रभावी एवं कर्णप्रिय न लगी, जैसी भारतीय राष्ट्रगान की है। आज 85 देशों के 500 से अधिक लोगों को अमरीकन नागरिकता की शपथ दिलाई जा रही थी—मंच से वर्णक्रमानुसार एक-एक देश का नाम लिया जा रहा था और उसके साथ ही उस देश के अभ्यर्थी अपने हाथ में अमरीका का झंडा लहराते हुए खड़े हो जाते थे। अन्य शपथी तथा दर्शक हर्षोल्लास में चिल्लाते और सीटी बजाते थे। उस दिन सबसे अधिक शपथी चीन, भारत, मेक्सिको और फिलीपींस के थे। उसके पश्चात शपथ दिलाने की कार्यवाही प्रारंभ हुई। शपथ के प्रारंभ में जब मैंने सुना कि आज से मैं किसी भी अन्य देश से अपनी देशभक्ति पूर्णतः समाप्त करता हूँ, तो मेरी आँखों में आँसू छलछला आए। मैंने कनखियों से देखा कि नीरजा के आँसू भी गालों पर ढुलक रहे थे। शपथ के पश्चात देवर्षि अमरीकन नागरिक हो गया। बाद में देवर्षि के यह बताने पर मैं अपने मन को संतोष देने लगा कि भारत के नए प्रावधानों के अनुसार वह और उसकी अगली दो पीढ़ियाँ ओवरसीज सिटिजन ऑफ इंडिया बने रहेंगे।

स्वतंत्रता दिवस की रात्रि में अनेक स्थानों पर समारोह एवं आतिशबाजी का

आयोजन था। हमलोग रात्रि 10 बजे आतिशबाजी देखने लेक वाशिंगटन के किनारे गए। मीलों लंबी-चौड़ी लेक जगमग हो रही थी। अमरीकन लोग अपने स्वतंत्रता दिवस को बड़े जोश से मनाते हैं। उस दिन राष्ट्रभक्ति के अनेक कार्यक्रम भी आयोजित करते हैं।

16 जुलाई, 2017

15 जुलाई की सायं बर्मिंघम में रहने वाले नीरजा के मौसेरे भाई डॉ. प्रमोद मिश्रा, श्रीमती अंजना मिश्रा एवं उनकी पुत्री अनिता मिश्रा आ गए थे। उन्होंने लंदन में अमरीकन एअरलाइंस का हवाई जहाज पकड़ा था, जो उन्हें शिकागो लाया था और वहाँ से अमरीकन एअरलाइंस का ही दूसरा जहाज सियाटिल लाया था। दूसरे दिन 16 जुलाई को देवर्षि और अनामिका हम सबको स्नोकुआमी फॉल दिखाने ले गए थे। देवर्षि की कार ड्राइवर सहित 8 लोगों के बैठने के लिए बनी है, परंतु उनके बच्चों देवांश और अदिति सहित हम 9 लोग थे, जो अपने इंडियन स्टाइल से उसमें बोरों से भर गए थे। देवर्षि ने बताया कि स्नोकुआमी एक अमेरिकी जनजाति का नाम है। वाशिंगटन स्टेट के प्रमुख स्थानों के अधिकांश नाम वहाँ रहने वाली जनजातियों के नाम पर पड़े हैं। सियाटिल भी एक जनजाति के मुखिया का नाम था। मैंने बाद में कनाडा से आते हुए पाया कि स्नोहोमिश, सामिश, समामिश जैसे अनेक स्थानों के नाम जनजातियों के नामों पर थे। छुट्टी का दिन होने के कारण स्नोकुआमी फॉल पर खूब भीड़ थी और उस भीड़ में अधिकांश भारतीय थे—उनमें भी दक्षिण भारतीय सबसे अधिक थे। हम सब एक-दूसरे को देखकर मन-ही-मन प्रसन्न तो हो रहे थे, परंतु भारतीयों के संकोची स्वभाववश एक-दूसरे पर नजर पड़ जाने पर मुँह फेर लेते थे। गोरे लोगों में एक अच्छी प्रथा है कि वे ऐसी स्थिति में हलका-सा मुस्कराकर हलो, गुड मॉर्निंग, नाइस डे जैसा कुछ-न-कुछ कह देते हैं। स्नोकुआमी नदी पहाड़ के ऊपर से चलकर आती है और फिर एक स्थान पर सैकड़ों फुट ऊँचाई से नीचे गिरती है, जिससे एक बड़े-से झरने का मोहक दृश्य उत्पन्न हो रहा था। उसके आगे नदी के किनारे-किनारे चलने का रास्ता था। दायें-बायें सीधी ऊँची-ऊँची खड़ी पहाड़ियों के बीच कलकल बहती नदी अलौकिक लग रही थी। अनेक लोग अपने-अपने कैमरों से फोटो ले रहे थे।

अनामिका ने कहा कि 9 बजने को हुए, अब चला जाए। तब हमलोग लौट आए। तब भी पूरा उजाला था और धूप निकली हुई थी क्योंकि सूर्यास्त का समय लगभग 10 बजे रात्रि था। वहाँ गरमी के दिनों में रात्रि 6-7 घंटे की होती है और

दिन 17-18 घंटे का होता है।

17 जुलाई, 2017

17 जुलाई को देवर्षि हमें कनाडा की ओर प्रशांत महासागर के किनारे ले गया। वहाँ पर अपनी-अपनी नावों को कार के पीछे बाँधकर अनेक लोग आये हुए थे। सागर के किनारे चार बोट लांच पैड बने हुए थे, जिनसे नावों को समुद्र में ले जाया जाता था और समुद्र में दूर तक घूमने या मछली पकड़ने के उपरांत वापस लाया जाता था। ये दोनों क्रियाएँ बड़ी सावधानी से करनी होती थीं। हम देर तक यह दृश्य देखते रहे।

फिर आगे चले तो लकड़ी के एक प्लेटफॉर्म पर खड़े लोग काँटे में मुर्गी का मांस फँसाकर मछली या झींगा पकड़ते हुए मिले। एक फिलीपींस मूल के व्यक्ति से हमलोग बात करने लगे। उसने डोरी में तार का एक पिंजड़ा-सा फँसा रखा था। वह झींगा और केंकड़े पकड़ रहा था। हमलोगों के देखते हुए दो झींगे फँसे, परंतु वे आकार में छोटे थे, अतः उसने उन्हें वापस पानी में फेंक दिया। आजकल इस प्रकार दिन-दिन भर मछली पकड़ना आर्थिक लाभ हेतु शायद ही कोई करता हो, वरन यह एक आनंददायक खेल की तरह किया जाता है।

अलौकिक येलोस्टोन पार्क

हमारी अमरीका यात्रा के मुख्य उद्देश्य थे येलोस्टोन पार्क, जो वायोमिंग राज्य में स्थित है, की यात्रा और अलास्का, जो अमरीका का ही उत्तरी ध्रुव के निकटस्थ राज्य है, का क्रूज शिप से भ्रमण। मेरे मित्र बसंत तड़ियाल का कहना था कि यदि ये दो यात्राएँ कर लीं तो समझो कि चारों धाम हो गए। 18 जुलाई, 2016 को 10 बजे दिन इनमें से प्रथम के लिए हम छह लोग—मैं, नीरजा, डॉ. प्रमोद, अंजना, अनिता और देवर्षि—सियाटिल से कार से चल दिए थे। मेरा पुत्र देवर्षि कार का चालक भी था और हमारा गाइड भी, क्योंकि वह पहले वहाँ जा चुका था।

ज्ञानदेव गूगल

हमलोग येलोस्टोन पार्क की स्थिति और उसके निकट अन्य दर्शनीय स्थानों के विषय में पहले से ज्ञान के देव गूगल महाराज से पूछताछ करते रहे थे। हमने रेडमंड से येलोस्टोन की लगभग 1200 किलोमीटर की दूरी का ध्यान रखते हुए पहले दिन 800 किलोमीटर दूर स्थित मिसूला नामक नगर में इकोनो-लॉज नामक होटल में बुकिंग करा ली थी। दो कमरों के एक रात के 236 डॉलर लगे थे। अमरीका के विभिन्न राज्यों गें फ्रीवे पर अधिकतम गतिसीमा 65 से 80 मील प्रति घंटा तथा न्यूनतम गतिसीमा 45 मील प्रतिघंटा है। फ्रीवे पर प्रायः चालक निर्धारित गतिसीमा से 5-10 मील अधिक की गति से गाड़ी चलाते हैं। यदि पुलिस की गाड़ी पास से गुजरती है तो गाड़ी धीमी कर लेते हैं। पुलिसवाले भी 5-10 मील प्रतिघंटा तक का उल्लंघन होने पर जुर्माना नहीं करते हैं। वाशिंगटन राज्य में गति सीमा 70 मील प्रति घंटा है। कार में लगे टॉम-टॉम में जैसे ही देवर्षि ने घर का और मिसूला के होटल का पता लिखा, तो उसने बता दिया कि घर से होटल तक का रास्ता लगभग 8 घंटे का है। सियाटिल पार होते ही हमने आई-90 फ्रीवे पकड़ ली और देवर्षि ने कार को 80

मील प्रति घंटा की गति पर निर्द्वंद्व चला दिया। कार के टॉम-टॉम में यह गुण भी था कि पुलिस की गाड़ी आस-पास होने अथवा कोई गाड़ी किसी इमर्जेंसी के पड़ जाने के कारण सड़क के किनारे खड़ी होने पर वह 3-4 मिनट पहले से ही सतर्क कर देता था। सड़क के दोनों छोर पर फर, स्प्रूस, देवदार आदि के ऊँचे-ऊँचे आकाश को छूने को आतुर-से दिखते वृक्ष लगे हुए थे। सड़क कहीं नीचे तो कहीं ऊपर चढ़ती अथवा अजगर सम दायें-बायें घूमती बड़ी लुभावनी लग रही थी। आकाश में बादल थे, परंतु बारिश नहीं हो रही थी। बादलों के घने या छितराए होने से आकाश और वृक्षों पर भिन्न-भिन्न रंग आ-जा रहे थे। हमें प्रकृति की उस छटा में ध्यानमग्न देखकर देवर्षि बताने लगा कि यद्यपि वाशिंगटन राज्य को एवरग्रीन स्टेट कहा जाता है, परंतु यह हरियाली लगभग आधा राज्य पार होने तक ही मिलेगी। उसके पश्चात ऐसा क्षेत्र आ जाएगा, जहाँ के पहाड़ सूखे और पथरीले होंगे, क्योंकि उत्तर दिशा से आने वाले बादल उस क्षेत्र में पहुँचने से पहले ही बरस जाते हैं और वहाँ बारिश नहीं के बराबर होती है। लगभग ढाई घंटे की यात्रा के उपरांत सचमुच पर्वत वृक्षविहीन और सूखे-से आने लगे। कुछ देर बाद हमें कोलंबिया नदी मिली—पर्वत के वक्ष को काटकर शांत बहती हुई। पुल पार करने के बाद उस ओर पहाड़ की चोटी पर 15-16 घोड़े दिखाई दिए। उनके बीच एक-दो आदमी जैसे होना भी दिखे। उस ऊँचाई पर इतने घोड़े देखकर हम चकित हो रहे थे कि तभी समझ में आ गया कि ये तो घोड़ों की मूर्तियाँ हैं।

उस क्षेत्र में रहने वाली आदिम जाति वानापुम के घोड़ों के शौक की याद में ताँबे के घोड़े पर्वत शिखर पर रखे गए थे। यह आदिम जाति शांतिप्रिय थी और इसने श्वेत लोगों से कोई लड़ाई नहीं लड़ी थी, अतः जब यूनाइटेड स्टेट्स ऑफ अमरीका बना तो श्वेत लोगों ने इनके लिए कोई आरक्षित क्षेत्र (रिजर्वेशन) नहीं दिया, जबकि उनसे लड़ाई लड़ने वाली जनजातियों को अलग-अलग रिजर्वेशंस दिए, जहाँ सामान्यतः उन जनजातियों के अपने कानून चलते हैं। यह जानकर मुझे लगा कि यह सच है कि इस संसार में बिना लड़े-भिड़े कुछ नहीं मिलता है।

वाशिंगटन स्टेट का अंतिम नगर स्पोकेन पार होने के बाद इडाहो स्टेट आ गई और फिर हरे-भरे ऊँचे-ऊँचे गगनचुंबी वृक्षों वाले वन आ गए। यद्यपि हमारे मार्ग पर वन-ही-वन थे, परंतु देवर्षि ने बताया कि इडाहो स्टेट अमरीका में आलू की खेती के लिए प्रसिद्ध है और यह दक्षिण में दूर तक फैली हुई है। हमें सड़क पर विश्वप्रसिद्ध इडाहो-फॉल और मून-क्रेटर्स के साइन भी मिले, परंतु वे हमारे रास्ते से इतनी दूर थे कि उन्हें देखने की उत्कंठा होते हुए भी वहाँ जाना संभव न था।

इडाहो के बाद हम मोंटाना स्टेट में प्रवेश कर गए। कृषि के लिए प्रसिद्ध यह बहुत लंबी-चौड़ी स्टेट है, जिसकी आबादी बहुत कम है। सड़क पर कारें, गाँव और आदमी दूर-दूर तक नहीं मिलते हैं। बस बहुत बड़े-बड़े कृषि के फार्म होते हैं, जिनमें एक फार्म हाउस होता है। किसान इतने धनवान हैं कि लगभग सभी के यहाँ दो-तीन कारें, ट्रैक्टर, ट्रक, बोट और रिक्रिएशन वेहिकल खड़े रहते हैं। कृषि कार्य से छुट्टी मिलते ही ये होलीडे मनाने चल देते हैं। मीलों में अकेला मकान होने पर भी इन्हें फोन, टीवी और इमर्जेंसी की अन्य सुविधाएँ उपलब्ध रहती हैं। यहाँ कार ड्राइव करना बड़ा आसान-सा लगता है, क्योंकि अपने सामने मीलों तक सीधी और खाली सड़क नजर आती है। हमें आश्चर्य हो रहा था कि इतने अकेलेपन में ये लोग कैसे रहते हैं, पर पता नहीं क्यों हमलोग जितने साथ-साथ समूह में रहना चाहते हैं, अधिकांश श्वेत लोग निर्जनता को उतना ही पसंद करते हैं। एक स्थान पर देवर्षि ने कार बायें के एक्जिट पर बाहर निकाल ली और बियाबान में बनी लकड़ी की एक शानदार बिल्डिंग के सामने जाकर खड़ी कर दी। यह बिल्डिंग थी लेविस एंड क्लार्क केवर्न विजिटर सेंटर की। यह केवर्न लगभग एक मील लंबी एक प्राकृतिक गुफा है। इस गुफा में सहस्रों वर्षों से पत्थरों से टपकने वाले पानी ने भाँति-भाँति के स्टैलैक्टाइट और स्टैग्मेटाइट लटका रखे हैं, जो गुफा को कलात्मक और रहस्यमयी बना देते हैं। गुफा में गाइड के साथ ही जाने की अनुमति है और प्रवेश-पत्र का मूल्य 12 डॉलर प्रति व्यक्ति है।

इसका रख-रखाव इतना अच्छा है कि यह गुफा अपने प्राकृतिक सौंदर्य को यथावत बनाये हुए चिर नवोढ़ा-सी लगती है। इसे देखकर मुझे मध्य प्रदेश के चित्रकूट वन में स्थित इसी प्रकार की गुफा गुप्त-गोदावरी की याद आ गई। लगभग 50 वर्ष पूर्व जब मैं पहली बार वहाँ गया था, तो उसमें केवल एक स्थान पर सीता जी की प्रतिमा थी और शेष गुफा अपने नैसर्गिक स्वरूप में मन-मानस को चमत्कृत कर देती थी। अब 5 वर्ष पूर्व पुनः जाने पर मैंने पाया कि श्रद्धालुओं से अधिकाधिक धन वसूली हेतु पुजारियों ने जगह-जगह पर ईंट-पत्थर रखकर मूर्तियाँ रख दी थीं और लटकते हुए पत्थरों को तोड़कर भोंडे ढंग से चित्रित कर दिया था। अपने देशवासियों की इस क्षुद्रता पर मुझे गहरी आत्मग्लानि हुई।

मिसूला पहुँचकर हमने इकोनो लॉज में रात्रि विश्राम किया और दूसरे दिन नाश्ते के बाद येलोस्टोन को चल दिए।

मोंटाना स्टेट की समाप्ति पर हम वायोमिंग स्टेट में प्रवेश कर गए। इसमें वन और पर्वत प्रचुर थे। काफी देर तक हम मैडिसन नदी के किनारे-किनारे चलते रहे।

फिर नदी तो छूट गई, परंतु सामने एक मीलों लंबी झील आ गई। यह झील कुछ वर्ष पूर्व मैडिसन नदी के दोनों किनारों की पहाड़ी खिसक जाने और नदी का मार्ग अवरुद्ध हो जाने के कारण बन गई थी। नदी ने दूसरा रास्ता बना दिया था और एक लहरों से हहराती मीलों लंबी झील छोड़ दी थी। झील का नाम हेब्गेन लेक था और उसका उपयोग पर्यटक स्थल के रूप में किया जाने लगा था। उसमें अनेक प्रकार की नावें पड़ी थीं। किनारे पहाड़ी पर लकड़ी के सुंदर और सुख-सुविधापूर्ण लॉग केबिन बना दिये गए थे। हमें इन्हीं में से दो केबिन, जिनके नाम बिग-होर्न और रांदवू थे, में दो रात रुकना था। इनका किराया 170 डॉलर प्रति रात्रि प्रति केबिन था। हम आधा किराया 340 डॉलर पहले क्रेडिट कार्ड से भुगतान कर चुके थे, और रिसेप्शन पर जब शेष आधा अर्थात् 340 डॉलर देने लगे, तो रिसेप्शनिस्ट अपने दिमाग में हिसाब लगाकर कहने लगा कि नहीं 680 डॉलर देने हैं। हमारे समझाने पर भी जब हिसाब उसकी समझ में नहीं आया तो वह एक सीनियर सहयोगी को बुला लाया और बोला, "सी, दे डोंट अंडरस्टैंड।"

जब सीनियर ने कागज देखकर कहा कि 340 डॉलर ही तो देना शेष है, तब पहला वाला माना। पश्चिमी देशों में कैलकुलेटर और कंप्यूटर के बचपन से इस्तेमाल के कारण वहाँ के लोग अपने दिमाग से छोटे-छोटे जोड़-घटाव भी करने में गलतियाँ करते रहते हैं। लॉग केबिन बड़े सुसज्जित, स्वच्छ, सुंदर और सुविधाजनक थे। उनमें फ्रिज और डिशवॉशर सहित किचेन की प्रत्येक वस्तु थी और चाय-कॉफी बनाने के लिए केटिल और चाय-कॉफी के तथा चीनी व क्रीम के पैकेट भी थे। उनके सामने विशाल झील और पीछे पहाड़ी थी।

नॉर्दर्न लूप

अपना सामान केबिन में रखकर और चाय पीकर हमलोग येलोस्टोन के गेट के लिए चल दिए। यह लगभग 15 मील दूर था। देवर्षि ने अपने लिए 80 डॉलर का एक वार्षिक पास क्रय कर लिया। यह एक वर्ष तक अमरीका के किसी भी नेशनल पार्क में कितनी भी बार जाने को अधिकृत करता था और इसके होने पर उसकी कार में बैठे सभी लोग पार्क में जाने को अधिकृत हो गए। देवर्षि ने कहा कि यह पार्क दो भागों—नॉर्दर्न लूप और सदर्न लूप—में बँटा हुआ है और उस दिन नॉर्दर्न लूप देखने चल रहे हैं। हम 10-12 मील चले होंगे कि देवर्षि ने हमारी कार बायें ले जाकर खड़ी कर दी और कहा कि यहाँ से प्रारंभ होते हैं गीजर्स (गरम पानी के स्रोत) के दर्शन। हमें कलकल बहता एक नाला-सा दिखाई दिया। फिर लकड़ी के तख्तों पर बनाये

हुए एक मार्ग पर चलकर हम वहाँ पहुँचे, जहाँ इस नाले का स्रोत था अर्थात् गीजर। धरती के अंदर से पानी अनवरत निकल रहा था। यद्यपि वहाँ यह निषेधाज्ञा लिखी थी कि कोई दर्शक गीजर के निकट न जाए, परंतु उस पर ध्यान न जाने के कारण मैं और अंजना तख्तों से नीचे उतर गए और बहते पानी में हाथ डाल दिया। पानी बहुत गर्म था। तभी वहाँ देवर्षि ने आकर हमें तुरंत वापस बुला लिया और बताया कि यह पानी ज्वालामुखी के मुहाने के निकट बने स्रोतों से आता है और इसमें अनेक अवांछनीय रासायनिक पदार्थ भी हो सकते हैं। इसके अतिरिक्त इसमें ऐसे जीवाणु पलते हैं, जिन्होंने 100-150 सेंटिग्रेड के तापमान में जीने के योग्य अपने को बना लिया है। ऐसे जीवाणुओं में से कतिपय हमारे शरीर के लिए हानिकारक हो सकते हैं। हमने जल्दी से अपने हाथ कार में रखे बोतल के पानी से धोए।

आगे बढ़ने पर कुछ-कुछ मील की दूरी पर बड़े-बड़े और तरह-तरह के गीजर्स हमें मिलते रहे। कोई थोड़ी-थोड़ी देर में गरम पानी के साथ भाप छोड़ता था, तो कोई लगातार उबलता था। एक अन्य स्थान पर बहुत लंबे-चौड़े क्षेत्र में अनेक गीजर्स उबलकर भाप छोड़ रहे थे तथा कुछ ऐसे शांत थे जैसे वर्षों से बुझे पड़े हों। हम कार से उतरकर धरती से एक-डेढ़ मीटर ऊपर उठे हुए लकड़ी के तख्तों से बने मार्ग पर चलकर इन गीजर्स को देखने लगे। उसी मार्ग पर एक स्थान पर रुककर हमलोग सामने उबलते गीजर्स को देख रहे थे कि तभी हमारे ठीक पीछे जोर से विशालकाय प्रेशर कुकर से गैस छोड़े जाने जैसी आवाज आई और हम भयभीत होकर चौंक गए। हमने यहाँ आते समय 10-12 मीटर पीछे एक पूर्णतः शांत गीजर देखा था और उसे देखकर यह समझा था कि वह गीजर वर्षों से पूर्णतः शांत पड़ा है। उस गीजर के अकस्मात क्रियाशील हो जाने से हम भौचक्के हो गए और एक क्षण को हमें लगा कि हमारे पीछे कोई विध्वंसक ज्वालामुखी फट पड़ा है।

बाद में देवर्षि से पता चला कि संपूर्ण येलोस्टोन पार्क एक विशाल ज्वालामुखी के ऊपर स्थित है, जो सैकड़ों वर्ष से क्रियाशील है, फिर भी यहाँ कोई विनाशक विस्फोट न होने का कारण ये छोटे-छोटे ज्वालामुखी ही हैं, जो थोड़ी-थोड़ी देर में फटकर अंदरूनी गैस का दबाव कम करते रहते हैं। इन्हीं में से एक गीजर में मटमैले रंग के बड़े-बड़े बुलबुले अनवरत उठ और फूट रहे थे। एक अन्य गीजर ने अपने मुहाने और आस-पास के क्षेत्र को पूर्णतः स्वर्णिम बना रखा था। इसका नाम गोल्डेन गीजर था।

हमारे रास्ते में इतने प्रकार के गीजर्स थे कि उन सबका वर्णन कर पाना मठाबढ़ौवर (मेरे गाँव की भाषा में मट्ठे में पानी मिलाकर उसकी मात्रा बढ़ाते जाना)

होगा, अतः मैं कतिपय विशेष गीजर्स तक ही अपने को सीमित किए लेता हूँ।

इंद्रधनुषी धरती

हम आगे चले तो एक नदी दिखाई दी। उस नदी के किनारे चलते-चलते उसमें दो रंगीन धाराएँ किनारे के पर्वत से आकर गिरती दिखाई दीं। ये धाराएँ इंद्रधनुषी रंगों में रँगी थीं और उनके नीचे की जमीन भी रंग-बिरंगी हो रही थी। हमने कार से उतरकर पुल से नदी पार की। उसके पश्चात लकड़ी के तख्तों और खंभों से जमीन से ऊपर एक लंबा-सा मार्ग बनाया हुआ मिला। उस पर सभी लोग आगे जा रहे थे। उस पर चलकर कुछ देर के बाद पानी से भरा एक गहरा नीला तालाब मिला। उसकी परिधि के बाहरी भाग में विभिन्न रंगों की गोलाकार रिंग्स थीं। ये रिंग्स उन मरे हुए जीवाणुओं से बनी थीं, जो ज्वालामुखी के 100 डिग्री सेंटिग्रेड से अधिक के गरम पानी में जीवित रहते हैं और पानी का सोता फूटने पर उसके साथ बाहर आ जाते हैं। बाहर आकर वे सामान्य तापमान में जीवित नहीं रह पाते हैं और तालाब के बाहर जमीन पर अपने-अपने रंग की रिंग्स बना देते हैं। इन्हें देखकर यह अचरज हो रहा था कि जीवन 100-200 डिग्री सेंटिग्रेड के तापमान पर भी संभव है।

शिवलिंग

इसी बीच हमारे बायीं ओर 5-6 मीटर ऊँचा एक विशाल शिवलिंग के आकार का प्रस्तर दिखाई दिया। निकटस्थ गीजर से निकलने वाले जल ने इसे इंद्रधनुषी रंगों से रँग दिया था। यह न केवल एक सुंदरतम शिवलिंग था वरन इसे देखकर खजुराहो स्थित मतंगेश्वर महादेव की बरबस याद आ गई।

मैमथ

नॉर्दर्न लूप के सबसे ऊँचे और बड़े गीजर का नाम था मैमथ और वह सचमुच एक मैमथ के आकार का था। एक पहाड़ी के ऊपर से निकलता गर्म पानी का फव्वारा और भाप। इसमें से निकले हुए जीवाष्म श्वेत और नीले रंग से पत्थरों को रँग रहे थे। यह पानी पहाड़ी से नीचे उतरकर दूर एक गड्ढे में जमा हो रहा था। कुछ देर में वहाँ कुछ हिरन और उनके बच्चे आ गए और हमें यह देखकर आश्चर्य हुआ कि वे उस पानी को प्रेम से पी रहे थे। डॉ. प्रमोद बोले कि इनका लिवर कैसे बचेगा, पर मुझे लगा कि संभवतः पीढ़ियों से इस पानी को पीते हुए इन्होंने अपने लिवर को ऐसा बना लिया होगा कि यह पानी उन्हें हानि न पहुँचाए।

लौटते समय मैडिसन नदी के किनारे हमें हिरनों, सियारों के अनेक झुंड मिले। एक स्थान पर सड़क से कुछ दूर अपनी तन्मयता में घास चरते हुए बाइसन का एक बड़ा झुंड मिला। कुछ वर्ष पूर्व भयंकर आग में यहाँ येलोस्टोन के वनक्षेत्र का बहुत बड़ा भाग जल गया था। वहाँ पुनः वृक्ष लगा दिये गए थे, जो अब किशोरावस्था पार कर चुके थे और नयनाभिराम लग रहे थे। आगे चलने पर अँधेरा होने लगा था और बायीं ओर बड़ा-सा चंद्रमा उदय हो रहा था, जो आकार में सामान्य से अधिक दिखाई दे रहा था। पर्वत शिखरों के ऊपर स्वर्णिम किरणों को बिखेरता वह चंद्रमा अतीव आकर्षक था। तभी हमारे दाहिने के वन से निकलकर एक अत्यंत विशालकाय बाइसन बायें को जाने लगा। फिर वह सड़क पर पहुँचकर हमारी तरफ मुड़ गया और हमारी तरफ ही आने लगा। हम अभी तक उस भीमकाय बाइसन को बड़ी उत्सुकता से देखते रहे थे, परंतु अब कार के शीशे बंद कर और शांत होकर मनाने लगे कि वह हमारी कार पर आक्रमण न करे। वह भी हम जैसे तुच्छ जीवों पर अपना समय बरबाद न करके हमारी कार के बगल से आगे बढ़ गया।

सदर्न लूप

अगले दिन हमलोग येलोस्टोन पार्क का दक्षिणी लूप देखने आए। इसमें अनेक गीजरों के अतिरिक्त एक विशाल झील भी है, जिसमें अनेक प्रकार के पक्षी विहार कर रहे थे। इस लूप में सबसे अधिक विख्यात गीजर 'ओल्ड फेथफुल' है, जो ऐतिहासिक काल से सदैव लगभग एक घंटे के अंतराल से विशालकाय जलधारा के साथ फूटता है। उस समय का दृश्य अद्भुत होता है। इसकी इस निरंतरता के कारण ही इसे 'ओल्ड फेथफुल' कहा जाता है।

येलोस्टोन पार्क चौबीसों घंटे खुला रहता है और इसकी धरती के गर्भ से फूटते गीजरों को देखने चौबीसों घंटे सैलानी सैकड़ों की संख्या में आते रहते हैं। लौटते लौटते हमें रात्रि होने लगी और हम चाहते हुए भी ग्रैंड टीटोन पार्क, जो येलोस्टोन पार्क के दक्षिणी भाग से सटा हुआ था, देखने नहीं जा पाए। रिजॉर्ट पर आकर और खा-पीकर चाँदनी रात में देर तक झील की चपल लहरों की शोभा निहारते रहे।

हकलबेरी

दूसरे दिन ब्रंच लेने के पश्चात हमलोग वापस चल दिए। मेरी पौत्री अदिति ने सियाटिल से चलते समय रास्ते में मिलने वाली हकलबेरी आइसक्रीम खाने और लाने को कहा था। अतः हमलोगों का काफी समय इस सतर्कता में कट गया कि

कहीं हकलबेरी की दुकान न निकल जाए। फिर एक बड़ा-सा विज्ञापन पट दिखाई दिया, जिसमें हकलबेरी की दुकान की दूरी लिखी थी। उसके बाद वह दुकान आने से पूर्व उसके अनेक विज्ञापन और दिखायी दिए। तब एक पेट्रोल पंप के सह-स्टोर में हकलबेरी की आइसक्रीम और चॉकलेट मिली। हमने सबके लिए आइसक्रीम का ऑर्डर दिया। कोन में खट्टे स्वाद की हकलबेरी तो नाममात्र को थी, शेष कप सामान्य आइसक्रीम से भरा हुआ था। हमें लगा कि खोदा पहाड़ और निकली चुहिया। यह सब देखकर प्रमोद बोले कि अमेरिकंस की प्रचार-निपुणता की तारीफ करनी होगी। उस स्टोर में मुख्यतः स्थानीय आदिम जातियों द्वारा प्रयुक्त अस्त्र-शस्त्र एवं वस्त्राभूषण के नमूने बिक्री हेतु उपलब्ध थे।

स्पोकेन पहुँचते-पहुँचते हमलोग थक गए थे। यद्यपि सूर्यास्त होने में अभी कई घंटे बाकी थे, तथापि हमलोगों ने वहीं रात्रि-विश्राम का निर्णय लिया। अतः देवर्षि ने गूगल से फोन नंबर पूछकर कुछ होटलों को फोन किया और हम हैंप्टन-इन नामक होटल में रुक गए। उन्होंने 135 डॉलर प्रति कमरा किराया लिया। होटल बहुत सुंदर था और उसमें जिम, स्विमिंग पूल आदि भी थे। सूर्यास्त से पूर्व हमलोग पास की सड़क पर जहाँ ट्रैफिक बहुत कम था, टहलने गए। एक महिला अपने मकान के सामने के लॉन में काम कर रही थी। वह स्वतः पूछ बैठी कि क्या आपलोग इस होटल में रुके हैं। फिर देर तक बातें करती रही। लौटते समय हमें सामने से आती दो कारें मिलीं। दोनों में बैठे एक-दो सवारियों ने हमें देखकर हाथ हिलाया। प्रमोद ने कहा कि लगता है कि चूँकि हमलोग बायें हाथ पर चल रहे हैं (अमरीका में दाहिने चलने का नियम है), अतः ये लोग हमें सावधान कर रहे हैं। देवर्षि हमारे साथ टहलने नहीं गया था। मैंने उसे जब यह बात बताई तो वह बोला कि मोहल्लों की सड़क के किनारे पैदल चलने वालों पर दायें चलने का नियम लागू नहीं होता है। वे लोग केवल आप को देखकर अपनी प्रसन्नता दर्शा रहे होंगे। यह सुनकर हमें अच्छा लगा।

उस रात्रि हम सब जमकर सोए और अगले दिन सियाटिल वापस आ गए।

अनिंद्य अलास्का क्रूज

यूनाइटेड स्टेट्स ऑफ अमरीका का उत्तरी ध्रुव के सबसे निकटस्थ भूभाग अलास्का है। वर्ष 1867 तक यह रूस का हिस्सा था। उस समय के अमरीकन राष्ट्रपति एंड्र्यू जॉनसन और उनके विदेश सचिव विलियम सीवर्ड ने रूस से सौदा करके इसे 7. 2 मिलियन डॉलर में खरीद लिया था। तब अलास्का का अधिकांश भूभाग लगभग वर्ष भर बर्फ से ढका रहता था और वहाँ से कोई आर्थिक आय नहीं होती थी। इसलिए बर्फ से आच्छादित जमीन के एक टुकड़े का इतना महँगा सौदा करने पर विदेश सचिव की कटु आलोचना हुई थी, परंतु आज अलास्का अमरीका में सैमन मछली, टूरिज्म, कच्चे तेल आदि का प्रमुख स्रोत है। आज संपूर्ण अमरीका सीवर्ड की दूरदृष्टि का लोहा मानता है और देश को उनके प्रति ऋणी समझता है।

अमरीका के सियाटिल नगर में रहने वाले मेरे पुत्र देवर्षि ने मेरे, मेरी पत्नी नीरजा तथा नीरजा के मौसेरे भाई डॉ. प्रमोद, उनकी पत्नी अंजना और बेटी अनिता के लिए अलास्का क्रूज के टिकट खरीद रखे थे। 24 अक्तूबर को प्रातः 6 बजे हमने सियाटिल से अलास्का के ऐंकरेज नामक नगर के लिए फ्लाइट पकड़ी। इसे पकड़ने के लिए हमें 3 बजे प्रातः जागना पड़ा था। फिर भी अलास्का एअरलाइंस के यात्रियों की संख्या अधिक होने और एअरपोर्ट पर उनको निबटाने हेतु प्रातःकाल स्टाफ कम उपलब्ध होने के कारण बड़ी आपाधापी का सामना करना पड़ा था। अतः साढ़े तीन घंटे की उड़ान में हम अधिकांश समय निद्रा निमग्न रहे थे। ऐंकरेज में जब उतरे तो वहाँ वर्षा हो रही थी। तापमान लगभग 14-15 डिग्री था। इतना तापमान पाकर और आसपास कहीं बर्फ न देखकर मेरे मन में निराशा हुई थी, क्योंकि मैं कल्पना कर रहा था कि चारों ओर बर्फ-ही-बर्फ देखने को मिलेगी।

ऐंकरेज से हमें बस से सीवर्ड जाना था, जहाँ से सात दिवस की समुद्री यात्रा हेतु जलपोत पकड़ना था। बस के आगमन का समय लगभग 12 बजे था। हम

अपना सामान एक बेंच पर रखकर एअरपोर्ट पर ही रुक गए। नित्य क्रिया के उपरांत कुछ खाना-पीना हुआ। यद्यपि वहाँ कुछ ही लोग थे, परंतु लगभग सभी गोरे ही थे। तभी साड़ी पहने एक प्रौढ़ महिला अपनी पुत्री के साथ हमारे निकट आकर नमस्ते करने लगीं। बड़ा अच्छा लगा। प्रत्युत्तर में नमस्ते कहने के पश्चात उन्हें बगल में बिठाया और परिचय का आदान-प्रदान हुआ। वह 30 वर्ष पूर्व भारत से सपरिवार हवाइयन आइलैंड्स में आ गई थीं और होनोलूलू में अध्यापन कार्य कर रही थीं। उनमें और मेरी पत्नी में घंटों बातें होती रहीं। वह हमारे साथ क्रूज में नहीं जा रही थीं, परंतु उनकी वयस्क पुत्री क्रूज में जा रही थी। पुत्री कुछ खिंचे-खिंचे स्वभाव की थी। उसने न तो एअरपोर्ट पर हमलोगों से बात की और न जलपोत पर संपर्क करने का प्रयत्न किया।

12 बजे यात्री बस आई, जो एक प्राकृतिक सौंदर्य से भरपूर मार्ग से हमें सीवर्ड के लिए लेकर चल दी। प्रारंभ का लगभग आधा मार्ग समुद्र के किनारे-किनारे था। हमारे बायीं ओर पर्वत और दायीं ओर दूर तक फैला समुद्र था, जिसके उस छोर कहीं-कहीं पर्वत चोटियाँ थीं, जिन पर यहाँ-वहाँ बर्फ जमी हुई थी। आकाश के आच्छादित होने और रिमझिम-रिमझिम वर्षा होने के कारण प्रकृति रहस्यमयी मोहकता से पूर्ण थी। ड्राइवर न केवल सिद्धहस्त चालक था वरन एक ज्ञानी गाइड भी था। लगभग एक घंटे की यात्रा के उपरांत उसने कहा कि अब वह हमें अनाथ एवं घायल वन्यजीवों के अलास्का वाइल्डलाइफ कंजर्वेशन सेंटर पर ले जाएगा और फिर बस एक वनक्षेत्र की ओर मोड़ दी। इस वनक्षेत्र में ऊँचे-ऊँचे वृक्ष नहीं थे, वरन झाड़ी-झुरमुट थे। रिहैबिलिटेशन सेंटर एक छोटे सफारी पार्क की तरह था, जिसमें मूस, बाइसन, एल्क, हिरन आदि के लिए बाड़े और साही (पोर्क्यूपाइन), बिज्जू, लोमड़ी आदि के लिए घरौंदे थे। दर्शकों के आगंतुक कक्ष से सटा हुआ बाइसन हॉल था, जिसमें अनेक स्थानीय वस्तुएँ बिक रही थीं। मैंने अपने आई-पैड से अनेक चित्र खींचे।

आगे के मार्ग में सागर नहीं था, परंतु दोनों ओर पर्वत था। दाहिनी ओर के वन में स्थान-स्थान पर कैंपिंग ग्राउंड बने थे। लगभग चार बजे हम सीवर्ड पहुँचकर जैडैम नामक अपने जहाज पर चढ़ रहे थे। इस स्थान का नाम सीवर्ड उन विदेश सचिव के नाम पर ही रखा गया था, जिन्होंने वर्ष 1867 में रूस से अलास्का खरीदा था। मैंने जहाज पर अपने स्टेटरूम (कमरे) में जाने से पहले बाहर ही सबका फोटो लिया। हमें दिये गए पैंफ्लेट के अनुसार यह जहाज 785 फुट लंबा और 106 फुट चौड़ा था। उसका भार 63,000 टन था और यह 21.5 नॉट की रफ्तार से चल सकता

था। यह दस मंजिला था, जिसमें 1, 2, 3, 6, 7 मंजिल का अधिकांश उपयोग अतिथियों के रहने हेतु, 4, 5, 8 मंजिल का अधिकांश उपयोग रेस्तराँ, स्विमिंग पूल, मनोरंजन, नृत्य, गायन, नाटक, योग, कंप्यूटर आदि हेतु, 9वीं मंजिल का उपयोग बच्चों के खेलकूद, गेम्स और उच्चाधिकारियों के रहने के लिए तथा 10वीं डेक का उपयोग व्यू-प्वाइंट की भाँति होता था। इसमें कुल 1511 अतिथियों हेतु स्थान था तथा कुल 614 क्रू मेंबर थे।

जहाज में अपना कमरा साफ और सुसज्जित मिला। यह ओशन-व्यू कमरा था, अतः इसमें से दूर-दूर तक नीलाभ नभ के नीचे नीला सागर और नीलवर्ण वन दिखाई देते थे। मेरे कमरे की बगल में ही प्रमोद का कमरा था। हमारे कमरे में पहुँचने के कुछ देर पश्चात ध्वनिविस्तारक पर घोषणा हुई कि सभी अतिथि डेक नंबर तीन पर उपस्थित हों। वहाँ पहले से उपस्थित वर्दीधारी कर्मचारियों द्वारा हमारी उपस्थिति की पुष्टि की गई और हमारे लिए निर्धारित स्थान पर खड़े होने को कहा गया। फिर जहाज के अदृश्य कैप्टन की आवाज में हमें निर्देशित किया गया कि यात्रा के दौरान आपातकाल की घोषणा होने पर सबको तुरंत अपने कमरे में पहुँचना है। यदि समस्या सुलझ गई, तो ऑल क्लियर की सूचना स्टेटरूम में ही मिल जाएगी। अन्यथा अगले निर्देश में डेक पर आने को कहा जाएगा, तो सबको तृतीय डेक पर उपलब्ध लाइफवेस्ट पहनकर अपने निर्धारित स्थान पर एकत्र होना है, जहाँ से नावों से बाहर निकाला जाएगा। घोषणा पूर्ण होने पर कैप्टन बोला, "नाउ ऑल ऑफ यू आर डिस्मिस्ड।" यद्यपि पुलिस विभाग में रह चुकने के कारण मेरे लिए यह भाषा अजनबी नहीं थी, परंतु फिर भी यहाँ पेड गेस्ट होने के कारण मुझे चुभी। बाद में डेक 3 के इस स्थान का उपयोग मैंने और अन्य बहुत-से पर्यटकों ने जॉगिंग और वाकिंग के लिए खूब किया। तेज समुद्री हवाओं के साथ 10-15 डिग्री तापमान में यहाँ दौड़ना अनोखी स्फूर्ति प्रदान करता था।

डेक 3 से वापस आने के पश्चात हम डेक 5 को चल दिए, क्योंकि हमारे कमरे में लिखे उस दिन के कार्यक्रम में वहाँ हमारे डिनर की बात लिखी थी। डाइनिंग हॉल जहाज के सबसे पिछले भाग में अर्धगोलाकार था, परंतु बीच में गोलाकार कटा होने के कारण डेक नंबर 4 का दृश्य भी वहाँ से दिखता था। दोनों स्थानों का उपयोग डाइनिंग हॉल की भाँति किया गया था। दोनों में आयताकार, वर्गाकार अथवा गोलाकार मेजों के चारों ओर कुर्सियाँ लगी थीं और कटलरी सजी हुई थी। मैंने और प्रमोद ने पैंफ्लेट में दिये गए नंबरों के अनुसार अपनी मेजें देखीं तो पाया कि दोनों मेजें न केवल एक-दूसरे से दूर थीं, वरन जहाज के पिछले किनारे से पर्याप्त दूर स्थित

होने के कारण वहाँ से समुद्र-दर्शन भी आंशिक ही हो पाता था। अतः हम रेस्तराँ के रिसेप्शन डेस्क पर गए, और हम पाँचों को एक मेज पर सीट देने को कहा। रिसेप्शन पर बताया गया कि वह प्रयत्न करेगा। रात्रि-भोज 7 बजे से मिलेगा, तब आने पर जानकारी कर लें। यह भी बताया कि लीडो डेक (नंबर 8) पर हर तरह का खाना-पीना प्रातः 6:30 बजे से रात्रि के 11:30 बजे तक मिलता रहता है।

हम लीडो डेक पर गए तो आश्चर्यचकित रह गए। वह बहुत बड़ा हॉल था, जिसमें दुनिया भर के विभिन्न प्रकार के फल, तरल पेय, टोस्ट, केक, पेस्ट्री, निरामिष और सामिष भोजन, देश-विदेश के चॉकलेट, आइसक्रीम, मिठाइयाँ, चाय, कॉफी, कैपुचीनो आदि पेय उपलब्ध थे। जो और जितना जी चाहे, खाओ। यहाँ खाने-पीने, बैठने आदि की पूर्णतः अनौपचारिक व्यवस्था थी। हमने खिड़की की सीटें लेकर खाते-पीते हुए सागर की उछलती-कूदती लहरों का आनंद लिया। फिर वहाँ से निकलकर स्विमिंग पूल पर गए। कुछ बच्चे और श्वेतबदना सुंदरियाँ वहाँ स्नानमग्न थीं, उन्हें देखकर उस ठंड में मुझे झुरझुरी आने लगी। वहाँ स्नान करते हुए मद्यपान करने की इच्छा हो, तो मदिरा बिक्री पर उपलब्ध थी। अधिकांश स्त्री-पुरुष यह आनंद उठा रहे थे। फिर हमलोग थोड़ा विश्राम करने हेतु कमरे में चले गए। वहाँ हमारी सूचना हेतु पैंफ्लेट रखे थे, जिन्हें मैं पढ़ने लगा। हमारी दैनिक यात्रा का विवरण निम्नांकित था–

24 जुलाई, 7:50 बजे–सीवर्ड से ग्लेशियर बे–दूरी 520 नॉट

25 जुलाई, समुद्र में

26 जुलाई, 7:05 बजे–आगमन ग्लेशियर बे और 20:09 बजे प्रस्थान हेंस को–दूरी 166 नॉट

27 जुलाई, 5:41 बजे–आगमन हेंस और 20:41 बजे प्रस्थान जूनो को–दूरी 82 नॉट

28 जुलाई, 7:30 बजे–आगमन जूनो और 17:43 बजे प्रस्थान केचिकन को–दूरी 270 नॉट

29 जुलाई, 10:39 बजे–आगमन केचिकन और 18:42 बजे प्रस्थान वैंकूवर को–दूरी 516 नॉट

30 जुलाई, 'इनसाइड पैसेज' के प्राकृतिक सौंदर्य में समुद्रतल पर विचरण

31 जुलाई, 7:00 बजे–वैंकूवर आगमन

'टुडे ऑन लोकेशन' के शीर्षक वाले पैंफ्लेट से ज्ञात हुआ कि जहाज पर रात्रि के 11:30 बजे तक रात्रि जवाँ रहेगी–अडैजिओ हॉल में शास्त्रीय संगीत, नेप्च्यून में बॉलरूम डांसिंग, क्रो'ज नेस्ट में जैडैम नाइटक्लब, मिक्स 5 में सिंगिंग एंड स्विंगिंग,

वजांग थिएटर में डॉन ऑफ जस्टिस फिल्म आदि अनेक कार्यक्रम चलते रहेंगे। फिर दिन में प्रातः 7 बजे से ऐब्स क्लास, योग, कंप्यूटर प्रशिक्षण, डेक सेल, कलीनरी आर्ट, एक्यूपंक्चर, जेम्स ऑफ अलास्का, गोल्फ-पटिंग, डांस क्लास, हेयर ड्रेसिंग, पिंग-पांग चैलेंज, अलास्कन बियर टेस्टिंग, लॉटरी, द्यूत क्रीड़ा, ब्रिज, बैडमिंटन, बास्केटबॉल, जॉगिंग, संगीत, स्विमिंग आदि अनगिनत कार्यक्रम थे, जिनमें कोई भी अपनी पसंद के अनुरूप बिना प्रवेश शुल्क भाग ले सकता था।

सायंकाल 7:45 बजे जब हम रात्रि-भोज हेतु डेक नंबर 5 पर पहुँचे, तो रिसेप्शनिस्ट से यह जानकर बड़ी प्रसन्नता हुई कि हम पाँचों को न केवल एक ही मेज आवंटित कर दी गई थी, वरन वह मेज जहाज के सबसे पिछले किनारे पर थी, जहाँ से सागर, वन, पर्वत आदि सब कुछ अपनी संपूर्णता में दिखाई देते थे। हमारे मेज पर बैठते ही जहाज चलने की घोषणा हुई और थोड़ी-सी हलचल के साथ जहाज लहरों पर सवार होकर ग्लेशियर बे की ओर बढ़ चला। जहाज के प्रॉपेलर से पीछे ढकेली जाती लहरें बड़ी दूर तक उछल-कूद कर रही थीं। दूरी बढ़ने के साथ उछलती तरंगों का श्वेत रंग सागर के नील वर्ण में विलय हो रहा था। एक दो मेजों को छोड़कर सभी मेजों पर गोरे-गोरियाँ बैठे हुए थे। हमारे सामने एक मेज पर एक गोरा हनीमून-कपल बैठा हुआ था, जिनके वस्त्र और हाव-भाव विशेष आकर्षण के केंद्र थे। मेन्यू में सामिष पदार्थ अधिक थे, जिससे नीरजा को भोजन चुनने में प्रथम दिन कठिनाई हुई, परंतु अगले दिन से हमने अपने बेरा को उनके लिए निरामिष भारतीय भोजन बनाने को कह दिया। उसने बताया कि शिप पर भारतीय खानसामा है और वह दिये गए आदेश के अनुसार मनपसंद भारतीय भोजन बना देगा।

हमारे जहाज पर काम करने वाले अधिकांश लड़के-लड़कियाँ इंडोनेशिया के थे जो बड़े विनम्र थे और हर प्रकार की सहायता हेतु तत्पर रहते थे। हमने उनसे उनकी दिनचर्या और परिवार के विषय में बात की, तो पता चला कि जहाज पर प्रातः काल से देर रात तक कार्यक्रम चलते रहने के कारण उन सेवकों का जीवन बड़ा कठिन था। प्रत्येक को कम से कम 10-11 घंटे की अनवरत ड्यूटी करनी पड़ती थी। जहाज प्रतिदिन चलते रहते थे—गर्मियों में उत्तरी गोलार्ध में रहते और फिर वहीं जाड़े में दक्षिणी गोलार्ध में चले जाते थे। उनके कार्य की निपुणता से हम सभी प्रभावित थे। उन्हें जहाज में कार्य हेतु चयन के पश्चात कड़ा प्रशिक्षण दिया जाता था। जहाज में सबसे नीचे की मंजिल में उनके सोने के कमरे थे। उन्हें इस प्रतिदिन काम के बदले वर्ष में एक बार दो माह की छुट्टी मिलती थी।

ग्लेशियर बे

ग्लेशियर बे पहुँचने के लिए हमारे जहाज को लगभग 36 घंटे चलना था, अतः खुले सागर में ले जाया गया था। अपनी आदत के अनुरूप रात्रि में अनेक बार मैंने शीशे की खिड़की से बाहर देखा, तो दूर-दूर तक जल और उसमें उठती ऊँची-ऊँची तरंगें दिखाई दीं। यद्यपि जहाज के चलने के कारण उत्पन्न शोर एवं तरंगों की हलचल वातावरण को जोर से स्पंदित कर रही थी, तथापि मन में सागर के सन्नाटे का भाव व्याप्त हो रहा था, जो रात्रि में रोमांचक नीरवता का आभास करा रहा था।

दूसरे दिन पूरा दिन समुद्र पर ही बीता। हमलोगों ने विभिन्न मंजिलों पर घूमकर अनेक कार्यक्रमों का आनंद लिया। अनेक बार आठवीं, नवीं और दसवीं मंजिल पर जाकर मेघाच्छादित आकाश और इंद्रधनुषी सागर तल को देखा।

अपराह्न में हमें ग्लेशियर्स को दिखाने हेतु जहाज को सागर के किनारे के निकट ले जाया गया। वहाँ हमारे बायीं ओर पर्वत शिखर थे, तो दायीं ओर वनाच्छादित द्वीप। हम प्रकृति की इस छटा का आनंद लेने नवीं मंजिल के खुले डेक पर चले गए। चलते-चलते हमारे समक्ष ऊँचे पर्वत शिखर से निकला हुआ एक उफनाई ब्रह्मपुत्र जैसी चौड़ी नदी के फाँट वाला ग्लेशियर दिखाई दिया। ग्लेशियर की बर्फ का रंग श्वेत न होकर हलका नीला दिख रहा था और ग्लेशियर सुदूर पर्वत शिखर से आकर सागरतल को छू रहा था। ऐसा लगता था कि पर्वत शिखर से सागरतल तक एक चौड़े नील-श्वेत मार्ग का निर्माण कर दिया गया है। यह दृश्य ऐसा अकल्पनीय था कि हम सब मंत्रमुग्ध होकर इसे देख रहे थे तथा मेरा मन कर रहा था कि काश, हम उस नील-श्वेत मार्ग पर चल पाते! कैप्टन ने हमारे जहाज की गति अत्यंत धीमी कर दी थी और हममें से अनेक रुक-रुककर उस अप्रतिम दृश्य के फोटो ले रहे थे। तभी एक चिंघाड़ के साथ समुद्र तल के निकट ग्लेशियर का एक भाग टूटकर समुद्र में गिरने लगा। उसी के साथ उस भाग के नीचे शरण लिये हुए सहस्रों समुद्री पक्षी प्राणरक्षा हेतु चीं-चीं करते हुए उड़कर दूर भागने लगे। देर तक उस ग्लेशियर से हमारा आमना-सामना कराने के पश्चात कैप्टन ने जहाज को कुछ पीछे किया और फिर दो टापुओं के बीच के रास्ते में आगे बढ़ा दिया। लगभग दो घंटे पश्चात हम पुनः 'ओपेन-सी' में थे।

उस सायं रात्रि-भोज औपचारिक था और हम सूट-बूट पहनकर गए थे। हमारा अनुमान था कि कैप्टन आएँगे और नाच-गाना भी होगा। परंतु यहाँ उस दिन का कार्यक्रम पढ़ने में हम एक चूक कर गए थे—कैप्टन को आना तो था, परंतु एक अन्य हॉल में, अतः हमारी व सेवकों की पोशाक और तौर-तरीके औपचारिक होते हुए भी

सब फीका-फीका रहा। हम पूरी यात्रा में कैप्टन को नहीं देख पाए। यहाँ मैं एक बात बता दूँ कि शिप पर यह कहावत है कि जब शिप समुद्र में होता है, तो आप और ईश्वर के बीच में केवल कैप्टन ही होता है—और आपातकाल में काफी हद तक यह सही भी होता है। भोजन के दौरान अकस्मात एक टेबिल के चारों ओर 10-12 बैरे खड़े हो गए और वहाँ बैठे एक व्यक्ति को एक मेक्सिकन टोपी पहनाकर 'हैप्पी बर्थडे टु यू' गाने लगे। मैं और नीरजा पहले भी अमरीका में एक मेक्सिकन रेस्तराँ में यह नजारा देख चुके थे। फिर एक दिन और दो यात्रियों को यह सौभाग्य प्राप्त हुआ। हमलोगों से क्रूज का रिजर्वेशन फॉर्म भरते समय जन्मतिथि लिखवायी गई थी और उसी से ज्ञात कर यात्रा के दिनों में जन्मतिथि पड़ जाने पर उस व्यक्ति के लिए यह आयोजन किया जाता है।

अगली प्रातः जहाज के रुकने पर हम जब जहाज से उतरकर किनारे पर आए तो वहाँ स्थापित ग्लेशियर बे की एक आदिम जाति के लंबे रंग-बिरंगे टोटमपोल ने हमें आकर्षित किया। यह देवी-देवताओं और पूर्वजों के लकड़ी पर उकेरे चेहरों वाला बड़ा-सा पोल बड़े चित्ताकर्षक ढंग से रँगा गया था।

शहर घूमने जाने हेतु सवारी के लिए पूछने पर वहाँ ज्ञात हुआ कि सामने के बस स्टैंड पर प्रत्येक 15 मिनट में एक बस आती है, जो सभी को मुफ्त में कस्बे की सैर कराती है। कोई कहीं भी उतरकर किसी भी बस पर फिर पुनः चढ़ सकता है। पर्यटकों को सुविधा देने और लुभाने का यह तरीका हमें बड़ा अच्छा लगा। हमने भी इस मुफ्त की सवारी का मजा लिया। उस दिन लगभग लगातार हलकी-हलकी वर्षा हो रही थी। अतः हम बाजार में उतर गए और एक के बाद एक दुकान में घुसकर आदिम जातियों द्वारा प्रयुक्त कपड़े, बर्तन, औजार आदि देखते रहे। हमें यह अनुभव कर आश्चर्य हो रहा था कि अलास्का में ग्लेशियर बे में वर्षा होने के बावजूद ठंड केवल ऐसी थी जैसी लखनऊ में जनवरी में होती है। बाजार के निकट ही एक छोटा-सा म्यूजियम भी था, परंतु लंच-टाइम में बंद होने और मौसम खराब होने के कारण हम उसमें नहीं गए। इसके अतिरिक्त आज जहाज पर विशेषज्ञों द्वारा ग्लेशियर बे के इतिहास, भूगोल, जीव-जंतु, वनस्पति और निवासियों के विषय में महत्वपूर्ण जानकारी दी जानी थी। अतः हम शीघ्र ही जहाज पर लौट आए।

मध्याह्न भोज से पूर्व जब हम वजांग थिएटर में गए तब वहाँ बर्था फ्रैंलूलोविच नामक महिला द्वारा ग्लेशियर बे की आदिम जातियों के विषय में बताया जा रहा था। बर्था मूल रूप से वहीं की आदिवासी थी, अतः वर्णन अधिकृत एवं रोचक था। नीरजा को वर्णन इतना रोचक लगा कि उन्होंने उसकी समाप्ति पर बर्था से साक्षात्कार

का समय माँग लिया। फिर हम आराम करने अपने-अपने कमरे में चले गए। आरामदायक बिस्तर पर लेटकर टीवी खोला तो नेशनल पार्क रेंजर्स द्वारा ग्लेशियर बे का वर्णन चित्रों सहित किया जा रहा था। यह वर्णन इतना अनोखा था कि नींद आने का प्रश्न ही नहीं था–

केवल 250 वर्ष पूर्व ग्लेशियर बे में हिम-युग (आइस-एज) था। वहाँ चारों ओर मात्र एक विशाल ग्लेशियर था, कोई बे नहीं थी। ग्लेशियर लगभग 100 मील (160 किलोमीटर) लंबा और सहस्रों फुट गहरा था। केवल आदिम जातियों के कुछ लोग वहाँ रहते थे। आज यहाँ ग्लेशियर समाप्तप्राय होकर सैकड़ों मील उत्तर में सिमट गया है। बस लगभग एक दर्जन छोटे-छोटे ग्लेशियर बचे हैं, जो उच्च पर्वत शिखरों से खिसककर प्रशांत महासागर तक जाते हैं और फिर टुकड़ों में टूटकर सागर के शीतल जल में विशाल हीरक-पिंड के समान बहने लगते हैं। ग्लेशियर के उत्तर में सिमट जाने से उपलब्ध धरा पर भाँति-भाँति के वन उत्पन्न हो गए हैं, जिनमें छोटे-छोटे जीव-जंतु से लेकर माउंटेन गोट, मूस, विशालकाय ग्रिज्ली बेयर जैसे बड़े जानवर भी पल रहे हैं और पर्वत किनारे के समुद्र में सैमन मछली से लेकर हंपबैक व्हेल भी प्रचुर संख्या में पलती हैं। आज ग्लेशियर बे नेशनल पार्क को देखने दुनिया भर से लाखों सैलानी आते हैं और वहाँ रुकते हैं।

अपराह्न चार बजे डेक नंबर आठ पर क्रोज नेस्ट नामक कक्ष में बर्था का साक्षात्कार तय हुआ था। जब हम वहाँ पहुँचे तो नीरजा बर्था का साक्षात्कार लेने में व्यस्त हो गईं और हमलोग जहाज के निकट स्थित पर्वतों को और कहीं-कहीं उनसे निकलते ग्लेशियर्स को देखने में।

नीरजा ने बाद में बर्था के साक्षात्कार पर एक ज्ञानवर्धक लेख लिखा। उनकी अनुमति से उस लेख का एक लघु अंश मैं नीचे दे रहा हूँ–

हुना लिंगिट, एक आदिम जाति

(नीरजा द्विवेदी के हुना लिंगिट महिला बर्था फ्रैनलोविच के साक्षात्कार का अंश–साभार)

'काफी समय पहले से हुना लिंगिट के लोग ग्लेशियर बे के समीप दक्षिण-पूर्व अलास्का के उत्तर में याकूतात से लेकर दक्षिण में केटचिकन तक रहते आए हैं। ग्लेशियर बे में इनकी प्रारंभिक चार क्लैन हैं–

1. कागवांतान (ईगल मोइटी–इसका प्रतीक चिह्न भेड़िया है)–(प्रत्येक क्लैन का एक क्लैन-क्रेस्ट होता है, जो इनके प्रकरण में भेड़िया है)

2. वूशकीतान (ईगल मोइटी–इस क्लैन का प्रतीक चिह्न शार्क है)

3. चूकानीद–(ईगल मोइटी–इसका क्लैन क्रेस्ट पॉरपोइज है)

4. ताकदींतान–(रेवेन मोइटी–इसका क्लैन क्रेस्ट किटीवेक है)

अधिकांश क्लैन दक्षिण-पूर्व अलास्का को अपनी जन्मस्थली मानते हैं। यहाँ के इतिहास और घटनाओं का कहीं पर लिखित विवरण नहीं मिलता है। मुँहजबानी विवरणों एवं वैज्ञानिक खोजों से यह सिद्ध हुआ है कि हुना लिंगिट के लोग अंतिम बड़े ग्लेशियर के आगे खिसकने के युग के बहुत पहले से ग्लेशियर बे में रहते आए हैं। यह स्थान उन लोगों का निवास स्थान था और ये लोग इसे टी-से-शू-ई यानी 'एज ऑफ द ग्लेशियल सिल्ट' कहते थे। यहाँ पर श्रुति परंपरा (कहने-सुनने की परंपरा) चलते रहने के कारण आज भी ये कहानियाँ प्रचलित हैं कि 'बर्फ इतनी तेजी से आगे बढ़ी जितना तेज कुत्ता भाग सके' और हुना लिंगिट को अपने स्थान से विस्थापित होना पड़ा। बाद में जब बर्फ पिघलने लगी तब वे लोग आइसबर्ग से भरी धरती पर, जिसे वे हाक्ड-टू यानी 'अमंग द आइस' कहते थे, लौट आए। समय बीतने के साथ-साथ बर्फ घटने लगी और यह स्थान बे के रूप में परिवर्तित हो गया। अब इसको सित-ई-ती-गे-ई यानी ग्लेशियर बे कहा जाता है।

ग्लेशियर के आगे बढ़ने से और आधुनिक सभ्यता के प्रसार से हुना लिंगिट सभ्यता को क्षति पहुँची है और उसकी संस्कृति का ह्रास हुआ है। इन परिवर्तनों के बावजूद हुना लिंगिट ने अपनी संस्कृति को सुरक्षित रखा है और पुनर्जीवित किया है। अब लिंगिट भाषा स्कूलों में पढ़ाई जा रही है। बहुत-से लोगों और संस्थाओं के द्वारा उसकी परंपराओं, गीतों व कहानियों को पोषित और संरक्षित किया जा रहा है। यह समझा जा रहा था कि क्लैन के कुछ बहुमूल्य वस्त्र और संपत्ति आदि खो गए हैं, उनको खोजकर यथास्थान पहुँचाया जा रहा है। ग्लेशियर बे के समीप और चारों ओर इनकी परंपरागत कृषि की कार्य प्रणालियों को पुनः स्थापित करने का प्रयत्न हो रहा है। उदाहरण के लिए–सीगल के अंडों, बेरी आदि को खाना और स्प्रूस की जड़ों को एकत्रित कर टोकरी बुनना।

हुना लिंगिट में दो मोइटी हैं–

1. ईगल मोइटी

2. रेवन मोइटी

यहाँ मातृसत्तात्मक समाज है। इसकी माताओं द्वारा उनकी संतानों को जो परंपराएँ ज्ञात होती हैं, उनके आधार पर यह निर्धारित होता है कि वे ईगल मोइटी के हैं या रेवन मोइटी के। साधारणतः एक मोइटी के व्यक्ति दूसरी मोइटी के व्यक्ति से ही विवाह करते हैं। प्रत्येक व्यक्ति की पहचान उसके परिवार के प्रतीक चिह्नों

एवं परंपराओं से सुनिश्चित होती है।

हुना लिंगिट के लोगों के लिए लकड़ी की नक्काशी और बुनाई की विशेष महत्ता है। सामान्य रूप से देखने पर ये वस्तुएँ अच्छी कलाकृतियाँ मात्र प्रतीत होती हैं, परंतु लिंगिट के लोगों के लिए इसमें महत्वपूर्ण जानकारी विद्यमान है। हस्तनिर्मित वस्तुएँ जैसे क्रेस्ट, टोटेम, रिगेलिया, पहनने के वस्त्र आदि वस्तुओं से उनके परिवार की वंशावली का परिचय प्राप्त होता है। इनमें इतिहास और महत्वपूर्ण घटनाओं की स्मृति विद्यमान होती है।'

हेंस

सायंकाल जब हमारा जहाज हेंस को चला, उस समय हम डिनर टेबल पर थे। जैसा कि मैं पहले बता चुका हूँ, हमारी डिनर टेबल एक प्रकार का व्यू-प्वाइंट थी, क्योंकि जहाज के पिछले किनारे पर होने के कारण यहाँ से न केवल पीछे छूटते पर्वत, वन और हिमशिखर दिखाई देते थे, वरन समुद्र के नीलजल में उठती श्वेत तरंगें, जो दूरी बढ़ने पर शांत और नीली होती जाती थीं, और सुदूर क्षितिज में डूबता अथवा पर्वतों के पीछे चुपचाप छुपता सूरज भी दिखाई देता था। जहाज का हलके से झटके के साथ पियर से अलग होना, गजगामिनी की भाँति मंथर गति से आगे बढ़ना और फिर दौड़ते हुए गज की भाँति समुद्र का सीना चीरकर बढ़ना अत्यंत रोमांचकारी था।

भोजन के उपरांत हमलोग पाँचवें डेक पर अकॉर्डियन सुनने चले गए। फिर अनेक बहुमूल्य वस्तुओं की दुकानों से होते हुए जुआघर (कसीनो) में चले गए। यहाँ स्लॉट मशीन के अतिरिक्त, ब्रिज, रॉलेट आदि भिन्न-भिन्न प्रकार से बाजी लगाने के साधन उपलब्ध थे। मैंने केवल एक स्लॉट मशीन पर एक डॉलर लगाया और हार जाने पर आगे बढ़ गया, क्योंकि मेरा अनुभव रहा है कि चाहे प्रारंभ में कोई जीत भी जाए, अंत में अधिकांश लोग हार के ही वहाँ से निकलते हैं।

प्रातः आँख खुलने पर मैंने देखा कि हमारा जहाज हेंस नामक कस्बे के किनारे खड़ा था। यह एक छोटा-सा स्थान था, परंतु प्राकृतिक और मानवकृत सुंदरता में किसी से कम नहीं था। यहाँ पर रेवन मोइटी की वेशभूषा में एक छैल-छबीला युवक सड़क के किनारे खड़ा था। गहरे लाल और काले रंग का अंगवस्त्र, गले में माला, दाहिने कंधे से बायें को लटकता अस्त्र, सिर पर भूरे रंग का सन (जूट) से बुना हुआ हैट, नाक में बड़ी-सी नथुनी और होंठों पर क्षीण स्मित उस पर बड़े मोहक लग रहे थे। हमने उसके चित्र को कैमरे में कैद किया। निकट ही एक विशालकाय टोटमपोल था। यहाँ भी बस से मुफ्त भ्रमण की सुविधा उपलब्ध थी।

बाजार का मुख्य आकर्षण स्थानीय आभूषणों की दुकानें थीं। हमें यह देखकर सुखद आश्चर्य हो रहा था कि अलास्का के नगरों में स्वर्णाभूषणों की अधिकांश दुकानें भारतीय मूल के लोगों की थीं।

जूनो

सायंकाल हेंस से चलकर हमलोग अगली प्रातः अलास्का की राजधानी जूनो पहुँच गए। आकाश में बादल तो था, परंतु बारिश नहीं थी और मौसम सुहाना हो रहा था। यहाँ यात्रियों को व्हेल और ग्लेशियर्स के दर्शन कराने हेतु फेरी के अतिरिक्त सी-प्लेन भी थे। हमने ये नहीं लिए क्योंकि एक तो महँगे थे और दूसरे, हम अलास्का की भूमि पर चलकर वहाँ के दृश्यों का आनंद लेना चाहते थे। जहाज से बाहर आने पर हमने देखा कि एक रोपवे बड़े ऊँचे पर्वत पर सैलानियों को ले जा रही थी। वहाँ से दूर-दूर तक का दृश्य निश्चय ही लुभावना रहा होगा, परंतु हमलोग पहले उस बस का टिकट ले चुके थे, जो बहुत बड़े ग्लेशियर को दिखाने ले जानी थी। यह स्थान लगभग 30 किलोमीटर दूर था। इसके रास्ते पर सड़क के किनारे एक तिमंजिला मकान मिला, जिस पर अमरीका का झंडा लगा था। हमारे ड्राइवर, जो गाइड का काम भी कर रहा था, ने बताया कि यह अलास्का प्रांत के गवर्नर का मकान है। हमें यह देखकर आश्चर्य हुआ कि यह मकान सामन्य मकानों से कुछ ही बड़ा था और उतने क्षेत्रफल में भी नहीं था, जितने में उत्तर प्रदेश के राजभवन का सामने का एक लॉन है। उसके सामने वी.आई.पी. का कोई तामझाम जैसे पुलिस, अनुचर अथवा कार भी दिखाई नहीं दी। ऐसे दृश्य को देखकर ही पता चलता है कि जनतंत्र क्या होता है। यूनाइटेड स्टेट्स ऑफ अमरीका के प्रांतों में कोई मुख्य मंत्री नहीं होता है और गवर्नर ही यहाँ के राज्यपाल और मुख्य मंत्री दोनों के अधिकार का उपयोग करता है। फिर भी न तो वह अनावश्यक शानो-शौकत का हकदार होता है और न गवर्नरी छूटने के पश्चात मकान आदि की सुविधाओं का।

बस ने हमें ग्लेशियर के निकट ले जाकर छोड़ दिया। वहाँ व्यू-प्वाइंट पर शिलालेख पर ग्लेशियर के विषय में जानकारी दी गई थी। वहाँ से थोड़ा आगे चलकर समुद्र था तथा उस पार पर्वत-शिखर से खिसका हुआ विशालकाय ग्लेशियर था, जो नीचे आकर समुद्र में मिलता था। यद्यपि बर्फ का रंग श्वेत होता है, परंतु प्रकाश किरणों के विच्छिन्न होकर परावर्तित होने के कारण ग्लेशियर का बर्फ हलका नीला रंग लिये हुए था। समुद्र से मिलने वाला ग्लेशियर का अंतिम भाग कुछ-कुछ देर बाद टूट-टूटकर पानी में मिलकर तैर रहा था। ये रूई के ढेर-से टुकड़े दूर-दूर तक बहते

नजर आ रहे थे। दाहिनी ओर से ठंडे पानी का एक झरना भी आकर सागर में मिल रहा था। तमाम देशों के सैलानी विभिन्न कोणों से फोटो लेने में व्यस्त थे और एक युगल एक झाड़ी की आड़ में होंठ-मिलन में निमग्न था।

केटचिकन

सायंकाल हमलोगों ने यहूदियों के रस्मोरिवाज की एक बहुत ही हास्यास्पद और रोचक फिल्म देखी। रात्रि भर जहाज से चलने के पश्चात अगली प्रातः केटचिकन नगर पहुँच गए। यहाँ की निःशुल्क बस हमें टोटम हेरिटेज सेंटर ले गई। वहाँ हमने वह बस छोड़ दी, क्योंकि हमें ज्ञात था कि हर पंद्रह मिनट के अंतराल पर एक बस सैलानियों को लेने आ जाती थी। टोटम हेरिटेज सेंटर पुरानी-सी दिखने वाली लकड़ी से बनी हुई आकर्षक इमारत थी। इसके बाहर सुंदर-सा टोटम पोल था तथा अंदर विभिन्न आदिम जातियों के 36 टोटम पोल और उनके अवशेष का संग्रह था। ये टोटमपोल आदिम जातियों के प्रतीक चिह्न तो होते ही हैं, उनके पूर्वजों, उनकी संस्कृति, देवी-देवताओं और परंपराओं को भी चिह्नित करते हैं, अतः इनकी पूजा भी की जाती है।

इस सेंटर के सामने एक पर्वतीय नाला कलकल करता हुआ बह रहा था। वहीं नाले पर एक छोटा-सा पुल बना हुआ था। उस पार एक विशाल भवन बना था, कुछ संयंत्र लगे थे और चारों ओर बगीचा था। हमलोग उस दृश्य का आनंद लेने हेतु चलकर पुल पर खड़े हो गए। नीचे पानी अत्यंत स्वच्छ था और उसमें एक-से-एक आकर्षक सैमन मछलियाँ तैर रही थीं। हम यह देखकर चकित हो रहे थे कि सभी मछलियाँ पानी की उलटी धारा में नीचे से ऊपर तैरने का अति दुरूह प्रयास कर रही थीं। बहुत-सी ऊपर बढ़ने के इस प्रयत्न में शिथिल होकर हाँफ रही थीं और कुछ मछलियाँ अपने प्राण गँवाकर किनारे पर उलटी तैर रही थीं। प्रमोद ने बताया कि ये मछलियाँ गत वर्ष यहीं जन्मी होंगी और फिर इस नाले की धारा, जो सागर में जाकर मिलती होगी, के साथ समुद्र में चली गई होंगी। अब अंतिम समय में यहाँ आ रही हैं। ऊपर चढ़ने के अनवरत प्रयत्न में ये इतनी क्लांत हो जाएँगी कि यहीं आस-पास इनके प्राण पखेरू उड़ जाएँगे। उससे पूर्व मादाएँ यहीं पर अपने अंडे छोड़ जाएँगी। प्रकृति का यह खेल सचमुच अद्भुत था। पुल के उस पार जो भवन था, वह सैमन मछली पर शोध केंद्र था।

केटचिकन से हमें वैंकूवर, जो कनाडा में है, जाना था। यह रास्ता दो रात और एक दिन का था। यह रास्ता इनसाइड पैसेज कहलाता है, क्योंकि जहाज को भूभाग

के काफी निकट से ले जाया जाता है। समुद्र के किनारे अनेक टापू, खाड़ियाँ, जलडमरूमध्य आदि थे, जिन्हें देखकर अपरिमित नैनसुख की प्राप्ति हो रही थी। मैं तो रात्रि में सोने की बजाय अधिकांश समय यह सुख प्राप्त करता रहा था। हहराते समुद्र के ऊपर अंधकार में लिपटा हुआ आकाश और उनमें अपना सिलुएट दिखाते हुए वनाच्छादित पर्वत हृदय में अनजाने-से मिलन का रोमांच उत्पन्न कर रहे थे।

जहाज पर बीता समय सर्वसुखसंपन्न रहा था। ऐसा लगता था कि समस्त सृष्टि हमारा समय सुखमय एवं चिंतामुक्त बनाने में संलग्न रही थी। वहाँ टेलीफोन भी काम नहीं करता था, अतः हम अन्यों के कष्टों के ज्ञान के कष्ट से भी मुक्त थे। अतः 31 जुलाई की प्रातः 7 बजे जब जहाज वैंकूवर पहुँचा, तो जहाज छोड़ने के लिए तैयार होते समय मन में एक कमी-सी व्याप्त थी। यद्यपि जहाज ठीक 7 बजे प्रातः वैंकूवर पहुँच गया था, परंतु चूँकि हम एक नए देश कनाडा में उतर रहे थे, अतः आव्रज़न की कार्यवाही में समय लग रहा था। प्रत्येक डेक के यात्रियों के लिए बाहर निकलने हतु अलग-अलग समय की घोषणा हो रही थी। हमें उससे निकलने में लगभग तीन घंटे लग गए। बाहर देवर्षि कार लेकर हमारी प्रतीक्षा कर रहा था। वैंकूवर में प्रारंभ में तो फुहार पड़ रही थी, परंतु कुछ देर बाद आकाश साफ होने लगा था।

अद्वितीय वैंकूवर

वैंकूवर संसार के कतिपय सबसे सुंदर, आकर्षक और बसने हेतु उत्तम नगरों में माना जाता है। प्रशांत महासागर, कैपिलानो नदी और वनाच्छादित पर्वतों के मध्य बसा यह नगर प्रकृति के सुंदरतम स्थलों में से एक है। इतने उत्तर में स्थित होने के बावजूद समुद्र का किनारा होने के कारण न तो यहाँ अति ग्रीष्म और न अति शीत का मौसम होता है और वर्षा भी रिमझिम-रिमझिम बरसती है। यहाँ के सबसे प्रमुख आकर्षण हैं कैपिलानो ब्रिज पार्क और स्टैनली पार्क। स्टैनली पार्क तो सागर के किनारे अपनी स्थिति, अपने पेड़-पौधों की विविधता, अपनी विशालता और सुंदर रखरखाव के लिए प्रसिद्ध है, परंतु कैपिलानो सस्पेंशन ब्रिज इंजीनियरिंग का ऐसा नमूना है, जो विश्व में कम ही देखने को मिलता है। वर्ष 1889 में कैपिलानो नदी पर यह पुल स्कॉटिश इंजीनियर जॉर्ज ग्रांट मैके द्वारा रस्सियों एवं लकड़ी के तख्तों से बनाया गया था। वर्ष 1956 में लोहे के सरियों से इसका पुनर्निर्माण हुआ था। 140 मीटर लंबा और नदी तल से 70 मीटर ऊँचाई पर बना यह पुल आज के इंजीनियर्स के लिए भी सीखने का विषय है। वर्ष 2005 में इस पर डगलस फर का 30 टन का भीमकाय वृक्ष टूटकर गिर पड़ा था, जिसमें वह वृक्ष तो टूट गया था, परंतु इस पुल पर खरोंच भी नहीं आई थी।

देवर्षि हमलोगों को पहले स्टैनली पार्क दिखाने ले गया। यह इतना विस्तृत था कि कार अथवा साइकिल से ही घूमा जा सकता था। पार्क के एक छोर पर प्रशांत महासागर था और दूसरे छोर पर एक लंबा-चौड़ा स्विमिंग पूल था। इसके समुद्र किनारे वाले छोर पर अनेक समुद्री पक्षी अपनी कल्लोल क्रीड़ाएँ दिखा रहे थे। दूसरी ओर स्विमिंग पूल में पुरुष, स्त्रियाँ और बच्चे कल्लोल क्रीड़ाएँ कर रहे थे। यह ज्ञातव्य है कि कनाडा जैसे ठंडे देश में रहने वाले लोगों को हमलोगों की तरह ठंड जल्दी नहीं सताती है। उस दिन भी जहाँ हमें दिसंबर जैसी ठंड लग रही

थी, वहीं अनेक लोग और उनके बच्चे उस ठंडे पानी में कूदते और फिर बाहर आकर ठंडी हवा का आनंद ले रहे थे।

स्टैनली पार्क में घूमना तो फ्री था, परंतु कैपिलानो पार्क का टिकट 37 अमरीकन डॉलर था और हम जैसे सीनियर सिटिजन के लिए भी 31 अमरीकन डॉलर का था, जो रुपये में लगभग 2700/- प्रति व्यक्ति होने के कारण खला था। परंतु यह कचोट पार्क में प्रवेश करने के पश्चात वहाँ की नैसर्गिक सुंदरता और उसके चमत्कार को द्विगुणित करने के सफल मानवीय प्रयास को देखकर कम हो गई थी। प्रारंभ में एक स्थान पर पुल के निर्माण के इतिहास और पुल की मजबूती के विषय में बताया जा रहा था। इस पुल के कारण कैपिलानो नदी के उस पार के लोगों को वैंकूवर पहुँचने में लगभग एक पूरे दिन की बचत होने लगी थी। वर्ष 1956 से इस पुल के फुट-फुट पर प्रतिदिन लोग भरे रहते हैं, परंतु पुल की उन्हें थामने की क्षमता में कभी कमी नहीं दिखाई दी है। इसके आगे उस क्षेत्र की विभिन्न आदिम जातियों के टोटम पोल्स थे, जहाँ प्रमोद और अंजना ने खूब फोटो खींचे। ये टोटम पोल्स वर्ष 1935 में दूर-दूर से इकट्ठा कर इस पार्क में लाये गए थे और तभी से पार्क की शोभा में चार चाँद लगा रहे हैं। आगे चलकर बायीं ओर कैपिलानो पुल था। वह आने-जाने वाले लोगों से पूर्णतः भरा हुआ था–पुल के लंबा होने के कारण वे लोग ऐसे लग रहे थे जैसे सुरंग में घुसे हुए हों और जितना दूर देखो, उतने ही छोटे होते जा रहे हों। उस पार जाने के लिए बड़ी भीड़ थी और लंबी सर्पाकार लाइन लगी हुई थी। अतः देवर्षि ने कहा कि पहले आगे का देख लें। आगे दूर गहराई में नदी का किनारा था और नीचे सीधा ढाल था, जिस पर विशालकाय सीडर और डगलस फर के वृक्ष थे। इन वृक्षों की विशेषता यह थी कि जो जितना नीचे से निकला था, धूप पाने के लिए उसने अपने को उतना ही ऊँचा बना लिया था। यहीं से हमलोग क्लिफ वाक पर उतर गए। यह क्लिफ वाक 2011 में बनायी गई। कैनियन के पत्थरों में और मजबूत वृक्षों में जगह-जगह लोहे के सूजे ठोंककर ऐसी अद्भुत सीढ़ी बनायी गई है, जिस पर ऊपर-नीचे चलते हुए अथवा कैनियन से लटकते शीशे के प्लेटफॉर्म से पर्वत, नदी और वन को देखना जीवन का अनोखा अनुभव था। इस क्लिफ पर उन लोगों को नहीं जाना चाहिए, जिन्हें ऊँचाई से नीचे देखने पर चक्कर आता हो अथवा जो हृदयरोग से ग्रस्त हों। क्लिफ वाक पहले नीचे ले जाकर, फिर ऊपर चढ़ाकर काफी ऊँचाई पर समाप्त हुई। वहाँ से पैदल नीचे उतरना था। रास्ते में वहाँ के जल, थल और जीव-जंतु का इतिहास दिखाया गया था। अंत में आदिवासियों द्वारा पानी उठाकर खेतों में पहुँचाने के लिए प्रयुक्त रहट खड़ा था, जो चालू हालत में था और

भारत में प्रयुक्त रहट से बहुत बड़ा था।

क्लिफ वाक के निकास के निकट ही सैलानियों को स्मृति-चिह्न के रूप में वस्तुएँ ले जाने के लिए एक आकर्षक ढंग से सजी हुई दुकान थी। इसमें आदिवासियों के अस्त्र-शस्त्र, पोशाक, गहने, टोटम के नमूने आदि के अतिरिक्त कैपिलानो पुल के विभिन्न काल के चित्र और पार्क के सुंदरतम चित्र आदि रखे थे। निकट ही खाने-पीने की दुकानें और शौचालय था। हमने केवल शौचालय का उपयोग किया क्योंकि एक तो जहाज पर इतना खाते रहे थे कि इच्छा ही नहीं हो रही थी और दूसरे सामान्य भारतीय सैलानी की तरह पश्चिमी देशों के महँगे ख़ाने को खरीदकर खाने की बजाय हम भी अपने साथ ले जाया गया खाना पसंद करते हैं। हमलोग भी आवश्यक मात्रा में खाद्य-पदार्थ लेकर ही सियाटिल से चले थे।

हमलोग कैपिलानो पुल पर जाने के लिए पंक्ति में लग गए। यह अभी भी पहले जैसी लंबी थी। पुल पर पहुँचकर हमलोग कुछ-कुछ दूरी पर चलकर रुक जाते थे, क्योंकि हिलते-डुलते पुल पर विभिन्न कोणों से नीचे बहती कैपिलानो नदी, पुल के उस पार के पर्वत और गगनचुंबी वृक्षों को देखने में अपना अलग आनंद आ रहा था। पूरा पुल गोरे, काले और पीतवर्णी स्त्री-पुरुषों से भरा हुआ था। उस पार पहुँचकर पाया कि सबसे पहले वहाँ के ईकोसिस्टम को समझाने हेतु चित्र, पोस्टर और लेख लगे थे। डगलस फर के ऊँचे-ऊँचे वृक्षों के मोटे तनों से लटकाकर सात सर्पाकार सस्पेंशन ब्रिज बनाये गए थे, जिनकी ऊँचाई 30 मीटर तक थी। हम उन ब्रिजेज पर घूमकर प्रकृति के अनोखेपन और वैविध्य का रसास्वादन करने लगे। वहाँ पता चला कि ये नए पुल वर्ष 2004 में ही जोड़े गए हैं। उनके ऊपर से नदी का तल नीचे दूर तक लहराता दिखाई दे रहा था।

मैंने वैंकूवर के निकट के शहर सरी में रहने वाले एक मित्र अमृत चंदन से कह रखा था कि हम उनसे मिलते हुए सियाटिल जाएँगे। अतः कैपिलानो की यादें मानस में सँजोकर हम सरी के लिए चल दिए। उनके घर के रास्ते में हमने उनके लिए गुलाबजामुन खरीदे। श्री एवं श्रीमती चंदन से मिलकर सबको बड़ी प्रसन्नता हुई। उनका घर खूब हवादार और धूपदार था, जिसके पीछे लॉन में अनेक फलदार वृक्ष लगे थे। वहाँ से सियाटिल पहुँचने में लगभग ढाई घंटे लगे। मार्ग में कनाडा-अमरीका के बॉर्डर को दोनों देशों ने खूब सजा रखा था। इसे देखकर मुझे भारत-पाकिस्तान में वाघा बॉर्डर की याद आ गई। वहाँ पर दोनों देशों के अर्धसैनिक बल रोज शाम एक साथ झंडे उतारकर एक-दूसरे को शुभरात्रि की कामना करते हैं, परंतु दुर्भावनावश प्रायः कहीं-न-कहीं घुसपैठ करते और लड़ते रहते हैं। यहाँ बॉर्डर पर न तो किसी

सैनिक दस्ते की आवश्यकता होती है और न कभी लड़ाई होती है।

अमरीका की एवरग्रीन वाशिंगटन स्टेट में सियाटिल तक का मार्ग अत्यंत मनोहारी था। रास्ते में एक स्थान पर रेस्ट-रूम की सुविधा के उपयोग हेतु हम रुके। यह स्थान भी भारत के किसी विशाल पार्क के समान था और यहाँ एक क्रिश्चियन चैरिटी ने मुफ्त कॉफी-चाय की सुविधा भी उपलब्ध करा रखी थी। वहाँ कोई व्यक्ति नहीं रहता था। यदि कोई सैलानी चैरिटी हेतु कुछ देना चाहे, तो उसके लिए एक चैरिटी बॉक्स रखा हुआ था।

महान माउंट रेनियर

अगले शनिवार को देवर्षि ने कहा कि कल हमलोगों को माउंट रेनियर देखने चलना है। हमलोग जबसे आए थे तबसे इतना सफर कर चुके थे कि नीरजा बोल पड़ीं, "दीपू (देवर्षि का घर का नाम), अब बहुत देख लिया। जाने से पहले कुछ दिन आराम भी करेंगे।"

इस पर दीपू बोला,

"पर मम्मी, अगर माउंट रेनियर न देखा तो सियाटिल ही क्या देखा? यही तो यहाँ का सबसे बड़ा प्राकृतिक आकर्षण है।"

हमलोग जबसे आए थे, तबसे रेडमंड से सियाटिल आते-जाते अकसर देवर्षि हमें एक हिमाच्छादित पर्वत शिखर को दिखाकर कहता था कि यह रेनियर माउंटेन है, जो ज्वालामुखी के विस्फोट से बना है। स्वाभाविक रूप से हमारे मन में उसे देखने की उत्कंठा उठती थी। अतः मैंने और प्रमोद ने भी देवर्षि की बात पर हामी भरी और दूसरे दिन नाश्ते के पश्चात कार में खाने-पीने का सामान भरकर हमलोग रेनियर देखने चल दिए।

रास्ते में देवर्षि ने बताया कि माउंट रेनियर 90 मील की दूरी पर है और वहाँ जाने में लगभग दो घंटे लगते हैं। इसकी ऊँचाई 14,400 फुट है और इस पर वर्ष भर बर्फ जमी रहती है। यह एक सक्रिय ज्वालामुखी है। यद्यपि इसमें से निकलता धुआँ दूर से दिखाई नहीं देता है, परंतु इसके मुहाने से थोड़ी बहुत भाप अभी भी निकलती रहती है। इसके शिखर से अनेक ग्लेशियरों की नदियाँ-सी बहती रहतीं हैं, जिनमें कुछ में बर्फ की गहराई 700 फुट से भी अधिक है। सहस्रों वर्ष से मानव का यहाँ आना-जाना रहा है। आजकल लगभग 20 लाख व्यक्ति प्रति वर्ष माउंट रेनियर देखने आते हैं और इसके पार्क में रुकते हैं। गर्मियों में इस पार्क में माउंटेन गोट, हिरन और भालू आदि जानवर यहाँ-वहाँ मिल जाते हैं।

हमलोग माउंट रेनियर पार्क के निस्क्वाली (वहाँ बहने वाली नदी) प्रवेश-द्वार से पार्क में दाखिल हुए। कुछ दूर चलने पर वाइल्डरनेस इंफॉर्मेशन सेंटर था और वहीं लांगमाइर म्यूजियम और नेशनल पार्क इन थे। यह इन बारहों महीने सैलानियों के लिए खुली रहती है। बगल में कलकल करती निस्क्वाली नदी बह रही थी। कुछ उत्साही लोग उसमें स्नान कर रहे थे और एक स्थान पर पहाड़ी पर चढ़कर डाइविंग भी कर रहे थे। कुछ आगे चलकर हमलोग जैक्सन मेमोरियल विजिटर सेंटर पहुँच गए। कार से यात्रा का यह अंतिम पड़ाव था। इसके आगे पैदल ही जाया जा सकता था। इस स्थान की ऊँचाई 5,400 फुट थी अर्थात् माउंट रेनियर का शिखर, जो हमें सामने बहुत निकट दिखाई दे रहा था, अभी भी 9,000 फुट और अधिक ऊँचाई पर था। इस सेंटर में पार्क के विषय में, उसमें घूमने, रहने, आत्म-रक्षा आदि के विषय में जानकारी उपलब्ध थी। सेंटर से लगभग 100 मीटर की दूरी पर पूर्णतः लकड़ी की बनी हुई बहुत लंबी-चौड़ी पैराडाइज इन थी, जो अंदर जाकर देखने में यथा नाम तथा गुण मिली—हमें ऐसा लगा जैसे परीलोक में आ गए हों।

वहाँ से निकलकर हमलोग माउंट रेनियर की दिशा में पैदल चल दिए। उस दिशा में दूर तक दो पक्की ट्रेल बनी हुई थी। मैं जिस ट्रेल पर गया, उस पर आगे चलकर एक तेजी से गिरती हुई नदी मिली, जो एक जगह झरने की भाँति गिर रही थी। माउंट रेनियर से निकले अनेक ग्लेशियर उस स्थान से ऐसे निकटस्थ लग रहे थे, जैसे हाथ बढ़ाऊँ, तो उनकी बर्फ मुट्ठी में आ जाएगी। मैं देर तक उस अविरल सुंदरता को निहारता रहा। सूर्य पर्वतों के पीछे छुपने को हुआ तब हमलोग विजिटर सेंटर पर वापस आ गए और फिर सियाटिल लौट आए।

9 अगस्त, 2016 को जब हमलोग सियाटिल से अमरीकन एअरलाइंस से शार्लट जा रहे थे, तब अपराह्न का समय था और सूर्य अपने पूर्ण प्रताप से प्रकाशित था। मैं वायुयान की खिड़की से बाहर देख रहा था कि अकस्मात एक ऐसा दृश्य धीरे-धीरे सामने प्रकट होने लगा, जैसे एक पर्वताकार हीरा प्रकाश किरणों को परावर्तित कर संपूर्ण धरा और आकाश को चमत्कृत कर रहा हो। वायुयान के आगे बढ़ने के साथ-साथ माउंट रेनियर के हीरक स्वरूप का वह दृश्य मेरे नेत्रों के समक्ष विस्तार पा रहा था और मेरे मन में कुछ ऐसा भाव आ रहा था कि अर्जुन को कृष्ण के खुले मुख में प्रज्वलित ब्रह्मांड के दर्शन हो रहे हों। माउंट रेनियर के इस अलौकिक रूप के दर्शन केवल कुछ हवाई यात्रियों को ही आकाश निर्मल होने पर मिल पाते हैं।

यद्यपि हमलोग भारत लौटने से पहले सियाटिल से शार्लट (नॉर्थ कैरोलिना) बसंत एवं नीलम तड़ियाल के घर जाकर वहाँ 15 दिन रुके थे और फिर शार्लट से

प्रमोद के यहाँ बर्मिंघम (इंग्लैंड) जाकर 21 दिन रुके थे और दोनों ने चेरुकी माउंटेन, लंदन, स्कॉटलैंड आदि दर्शनीय स्थानों पर घुमाने में कोई कसर नहीं छोड़ी थी, परंतु वहाँ का वर्णन इसलिए नहीं कर रहा हूँ क्योंकि बसंत तड़ियाल ने कहा था, "यदि येलोस्टोन पार्क देख लिया और अलास्का का क्रूज कर लिया तो समझो कि दुनिया में सब कुछ देख लिया।"

बेबात की बात

पता नहीं किस खब्त में आकर मैंने अपने योग-केंद्र के सदस्यों एवं धर्मपत्नी के साथ जाड़े में नैनीताल, जागेश्वर एवं बिनसर की यात्रा का टिकट क्रय कर लिया था। यात्रा प्रारंभ करने के लिए अभी एक सप्ताह शेष है, परंतु जाड़ा सामान्य से अधिक हो गया है और नैनीताल की ठंड की कल्पना से ही बदन में फुरहरी छूटने लगती है। तेजी से बदलते मौसम के कारण मेरे घर के आस-पास ज्वर-पीड़ित लोगों की बाढ़ आयी हुई है, जिन्हें देखकर हम दोनों का दिल भी कँपकँपाने लगता है। इस कँपकँपी का कारण हमारे बदन की हरारत की बजाय ज्वर लग जाने का भय अधिक है। मेरी पत्नी ऊपर से हँसते हुए परंतु दिल से काँपते हुए दो-एक बार कह चुकी है, "लगता है इस बार पहाड़ों से हमारी कुलफी बनकर ही लौटेगी।"

कुलफी का नाम सुनकर मुझे हँसी आती है और मन में विचार आता है कि इतनी कुलफी तो अच्छे मूल्य पर बिक सकती है और विरासत में पर्याप्त धन छोड़ा जा सकता है। फिर मुझे भी लगने लगता है कि इन दिनों उत्तराखंड जाना 'आ बैल मुझे मार' वाली बात होगी। लखनऊ में घर पर बैठकर कंबल की गर्मी का सुख उठाने की बजाय ठंड में सिकुड़ना और फिर एंबुलेंस में या टिकठी पर घर लौटना कहाँ की अक्लमंदी है?

पत्नी तो जाने से बचने हेतु कोई उपयुक्त बहाना रोज-रोज ढूँढ़ती ही रहती हैं। आज प्रातः गरम चाय की चुस्की के साथ समाचार-पत्र पढ़ते हुए उन्हें कुछ काम का मसाला मिल गया और वह मुस्कराकर बोलीं, "देखिए, आज के अखबार में एक बड़ी पते की खबर है!"

मैं आश्चर्यचकित था क्योंकि सामान्यतः महिलाएँ 'पते की खबर'–जैसे स्पोर्ट्स, राजनीति अथवा शेयर मार्केट–पर कम ही ध्यान देती हैं। अतः मैं उनकी ओर प्रश्नवाचक दृष्टि से देखने लगा।

तब वह बताने लगीं, "हमारी उत्तराखंड की प्रस्तावित यात्रा के दौरान यहाँ लखनऊ महोत्सव आयोजित हो रहा है, जिसमें बड़े आकर्षक एडवेंचर स्पोर्ट्स आ रहे हैं। इनमें प्रत्येक का टिकट भी केवल पचास से सौ रुपये के बीच ही होगा। खूब ऊँचाई पर रस्सियों से बने 'बर्मा ब्रिज' पर चलकर जान की बाजी लगानी हो तो पचास के टिकट में काम चल जाएगा। यदि हड्डीतोड़ कमांडो ट्रेनिंग लेने के लिए 'कमांडो नेट' से गुजरना हो तो भी पचास के टिकट से काम चलेगा। यदि इस नश्वर शरीर को जीवित जलाने का खतरा मोल लेना हो तो टायर क्रॉसिंग का टिकट भी पचास का ही मिलेगा। यदि अपने शरीर का भुरकुस बनवाने का जोखिम उठाना हो तो पचास रुपये में ट्रैंपलिंग का मजा लिया जा सकता है।"

इस समाचार को इतने मनोयोग से सुनाने का आशय भाँपकर मैंने पूछा, "क्या तुम यह समझती हो कि उत्तराखंड में पांडवों की भाँति बर्फ में गलने की बजाय ये जोखिम उठाने के बाद अस्पताल के वातानुकूलित आई.सी.यू. का आनंद उठाना श्रेयस्कर होगा?"

पत्नी सच में उत्तराखंड की ठंड से घबरायी हुई थीं। उन्होने मुझे घूरकर देखा और फिर स्वर में पूर्ण गंभीरता भरकर बोलीं, "हाँ, मैं यही समझती हूँ। मुझे लगता है कि इन सभी एडवेंचर्स का टिकट भी इसीलिए इतना कम रखा गया है कि प्रतिभागियों के घायल होने के उपरांत उनके पास आई.सी.यू. में इलाज कराने के लिए पर्याप्त मुद्रा बची रहे।"

कुछ देर पश्चात पुनः अखबार में आँख गड़ाकर बोलीं, "अरे, असली आइटम तो रह ही गया–'केवल सौ रुपये के टिकट पर गैस के गुब्बारे में लटके खटोले पर बैठकर पूरे लखनऊ का वायुमार्ग से दर्शन'।"

मैं आश्चर्य से दीदे फाड़े पत्नी की ओर देखता रह गया। मेरे मुँह से निकला कि यह नहीं हो सकता है क्योंकि पाँच वर्ष पहले जब हम दोनों अमरीका के कालामाजू नगर में थे, तब ऐसा गुब्बारा उड़ते देखकर मैंने अपने मेजबान से उस पर उड़कर कालामाजू देखने की इच्छा प्रकट की थी, परंतु उनके यह बताने पर कि डेढ़ सौ डॉलर में एक घंटे का चक्कर लगाते हैं, मैं बगलें झाँकने लगा था।

इस पर पत्नी बोलीं कि यह भारत है, यहाँ सब कुछ संभव है। हाँ, यहाँ की और अमरीका की गुब्बारा-उड़ान में अंतर केवल इतना होगा कि अगर यहाँ किराया नब्बे गुना कम है, तो गुब्बारे के फट जाने, भस्मीभूत हो जाने, धरती पर औंधे मुँह गिर जाने अथवा अपने नीचे लटके खटोले को झटककर गिरा देने का चांस कम-से-कम नब्बे गुना अधिक होगा।

फिर कुछ सोचकर पत्नी आगे कहने लगीं, "पर मेरी समझ में यह उत्तराखंड जाकर कुलफी बन जाने अथवा वहाँ किसी एडवेंचर में घायल होकर अपंग हो जाने से बेहतर है, क्योंकि इसमें बचने का चांस लगभग शून्य है–अर्थात् बिना दर्द से चीखे-चिल्लाए सीधे स्वर्गारोहण। इसके अतिरिक्त एक और लाभ हो सकता है–चूँकि भारी-भरकम यम को धरती पर उतरना नहीं पड़ेगा और ऊपरी वायुमंडल से हमें उठा ले जाने में कम श्रम करना पड़ेगा, अतः संभव है कि इस बात का खयाल रखकर वह हमें बोरे की तरह पीठ पर फेंकने की बजाय आहिस्ता-आहिस्ता प्रेम से पीठ पर बिठाकर ले जाएँ, इससे स्वर्ग के रास्ते में उनकी खुरदरी पीठ कम चुभेगी।"

आज पत्नी ने गुब्बारा-उड़ान के इतने आश्वस्तकारी लाभ बता दिए हैं कि मैं भी इस दुविधा में पड़ गया हूँ कि काठगोदाम का रेल का टिकट रखूँ या उसे वापस कर गुब्बारा-स्वर्गाभियान का टिकट खरीद लूँ।

(प्रिय पाठकगण! चूँकि आप यह पढ़ रहे हैं, अतः स्पष्ट है कि मेरी स्वर्गाभियान की बजाय उत्तराखंड की यात्रा हुई, जिसका वर्णन आगे है।)

तपोभूमि में तांडवयोग

लखनऊ स्थित मेरी योगमंडली की उत्तराखंड-भ्रमण की लालसा अस्वाभाविक नहीं थी। आदिकाल से उत्तराखंड तपोभूमि रही है—वहाँ के पर्वत, वन, नदियाँ, वनपशु, पक्षी, गह्वर और गुल्म-लताएँ हैं ही ऐसी कि धुर योगियों एवं निपट संन्यासियों तक का मन मोहती रही हैं। मेरी योगमंडली की दैनिक चर्या है एक घंटे का धुर-योग, परंतु उसके पूर्व एवं पश्चात दस-पाँच मिनट का धुर-तांडव।

महभारत युद्ध में विजयी होकर हस्तिनापुर पर राज करने के उपरांत पांडव भी तप हेतु उत्तराखंड प्रस्थान कर गए थे और वहीं से स्वर्गारोहित हो गए थे। मेरी योगमंडली ने दीपोत्सव के उपरांत कार्तिक माह के द्वितीय पक्ष में तपोभूमि के भ्रमण का कार्यक्रम बनाया था और तदनुसार 28 अक्तूबर की प्रातः गरीब-रथ से काठगोदाम के लिए आरक्षण करा लिया था। 28, 29, 30 अक्तूबर की रात्रि में क्रमशः नैनीताल, जागेश्वर एवं बिनसर में रात्रि-विश्राम हेतु, 31 अक्तूबर को बाघ एक्सप्रेस से लखनऊ लौटने हेतु तथा उत्तराखंड की संपूर्ण यात्रा हेतु वाहनों का आरक्षण भी करा लिया गया था। पंच पांडवों की भाँति स्वर्गारोहण से सभी ने धुर-विरक्ति प्रकट की थी, अतः उस हेतु कोई आरक्षण नहीं कराया गया था।

चूँकि हमारी ट्रेन गरीब रथ थी, अतः चारबाग की छोटी-लाइन स्टेशन पर उसी भाँति प्रातः पौने आठ बजे आकर खड़ी हो गई थी, जैसे अपने देश के गरीब मजदूर काम पा जाने की लालसा में प्रातः पौने आठ बजे चौराहे पर आकर खड़े हो जाते हैं। यद्यपि सभी यात्रियों की सीट आरक्षित थी और सभी के चढ़ने के पश्चात हमारा कोच कुछ खाली ही रह गया था, तथापि चढ़ते समय ऐसी अफरा-तफरी मच गई थी जैसे पहले चढ़ जाने वालों को मेडल मिलने की संभावना हो। जब सब यात्री, जिनमें 18 हमारी योगमंडली के साधक थे, आराम से बैठ गए, तब इन 18 में से तांडवी प्रवृत्ति के 11 साधक एक कंपार्टमेंट में इकट्ठे हो गए। फिर उन्होंने प्रारंभ कर दिया था अंताक्षरी, गायन एवं हास-परिहास का अविराम एवं अविरल तांडव, जो

बरेली में मुकुल द्विवेदी के सौजन्य से मुफ्त में मिलने वाली चाय पीने के एकमात्र व्यवधान को छोड़कर 4 बजे काठगोदाम में गाड़ी के पहुँचने तक चलता रहा था।

जिस प्रकार प्रिय व्यक्ति अपनी निकटता का आभास बहुत पहले से देने लगता है, उसी प्रकार पर्वत भी मीलों से अपने रोमांच में आपके मन-मानस को आच्छादित करने लगते हैं। सूर्य के पश्चिमगामी हो जाने के कारण रुद्रपुर स्टेशन से चलते ही पहाड़ियाँ धुँधलके में अर्धजागृत एवं अर्धसुषुप्त-सी दिखने लगी थीं। लालकुआँ स्टेशन के सामने अनगिनत शिवलिंगों से परिपूर्ण चौड़ी-सी सूखी बरसाती नदी दूर से देखने पर झील का भ्रम पैदा कर रही थी। काठगोदाम में एक इनोवा कार और एक टेंपो ट्रेवलर हमारी प्रतीक्षा कर रहे थे। नगर से बाहर निकलते ही पर्वत की चढ़ाई प्रारंभ हो गई थी और ऊँचे-ऊँचे पर्वत शिखरों, हरे-भरे वृक्षों, कलकल करते झरनों, और विस्तृत घाटियों को देखने व उन पर टीका-टिप्पणी करने में हम ऐसे रम गए थे कि भूलने लगे थे कि हम पृथ्वीलोक स्थित लखनऊ के वासी हैं।

नैनीताल में उस सायं हवा चल रही थी और झील के किनारे हम जैसे ही कार से उतरे, सब स्वेटर, चादर, मफलर आदि ढूँढ़ने लगे थे। झील जिस प्रकार सदियों से धीर, गंभीर रहकर मनोरम छटा बिखेरती रही है, उसी प्रकार थी, परंतु उस समय हम झील-दर्शन में रमने की बजाय होटल लेक एंड व्यू पहुँचने में अधिक व्यस्त थे। होटल तल्लीताल में पर्याप्त ऊँची चढ़ाई पर था और वहाँ से नैनीताल के पर्वत, भवन और झील का विहंगम दृश्य हमारे मानस में अमिट छाप छोड़ रहा था। अनगिनत रंग-बिरंगे बल्बों, ट्यूबों और नियोन लैंपों से निकलते प्रकाश-पुंज उसमें चार चाँद लगा रहे थे। कुछ समय पश्चात ही थके हुए साथियों को छोड़कर शेष तांडवी समूह मल्लीताल के लिए चल दिया था और रास्ते भर तथा विभिन्न दुकानों और नैना देवी के मंदिर में हड़कंप मचाता रहा था। दूसरे दिन नाश्ते के पश्चात विभिन्न रमणीक स्थलों के दर्शन करने और जागेश्वर जाने हेतु हम सब नीचे झील पर उतर आए थे। वहाँ खड़ी अनेक नौकाओं को देखकर सब नौकायन हेतु मचल पड़े थे। नौकायन के दौरान गुनगुनी धूप खिल रही थी और किसी भवन से आने वाली गायन की ध्वनि झील की लहरों की थिरकन पर ताल से ताल मिला रही थी।

अंग्रेजी में कहावत है कि 'एक रंग के पक्षी साथ-साथ उड़ते हैं', सो आज हमारी कार में तांडवी प्रकृति का नया ड्राइवर आ गया था। कार ऐसे चलाता था जैसे तांडव नृत्य कर रहा हो, और बोलता ऐसे था जैसे डमरू बजा रहा हो। हमारे कार पर चढ़ने के दौरान ही बड़बड़ाने लगा कि कल वाले ड्राइवर को घर जाना पड़ा और मुझे दूर से बुलाया गया है, जिससे आपलोगों की यात्रा खुशी-खुशी कटे। मैं बहुत पढ़ा-लिखा

हूँ और मेरी डिग्री है एल.एल.के.एच.एस. अर्थात् लटक लटक के हाई स्कूल। उसके आक्रामक स्वर एवं घातक ड्राइवरी से पहले तो हमलोग सहम गए थे, पर बाद में मार्ग में पड़ने वाले विभिन्न दर्शनीय स्थानों का इतिहास-भूगोल बिन पूछे बखान कर देने, कुमाऊँ की लोकोक्तियाँ सुनाने, वहाँ के गीतों को सस्वर गाने एवं चुटकुले सुनाने की उसकी क्षमता एवं उत्साह से हमलोग भी उसी के रंग में रँगने लगे थे। हमारी कार में श्रीमती रंजना पांडे एवं श्री अशोक कुमार पांडे–एक कुमाउँनी युगल– भी बैठे थे और उनमें रंजना जी तो कुमाउँनी और देशी दोनों प्रकार के गायन, वादन व नृत्य में पारंगत थीं। उनके अतिरिक्त सीमा बाजपेयी जी और विद्या सिंह जी थीं जो दोनों फिल्मी गानों की चलती-फिरती डी.वी.डी. थीं। यदि गायन-वादन की यह गाड़ी कहीं हिचकोले खाने लगती थी, तो नीरजा द्विवेदी जी दाल में तड़का लगा देती थीं। सबकी उत्प्रेरणा से मैं व पांडे जी भी यदा-कदा बैसाखनंदनी स्वर में गायन में सम्मिलित हो जाते थे।

कार के भोवाली पहुँचने से पहले ही राजू हमें बता चुका था कि भोवाली सैनेटोरियम में दवा नहीं, हवा काम करती है और कमला नेहरू जैसी कौन-कौन सी हस्तियाँ वहाँ इलाज करा चुकी हैं। वहाँ से वह हमें सात ताल ले गया। यहाँ पहाड़ी के चारों ओर सात ताल स्थित हैं। इन्हें एक-दूसरे से जोड़ दिया गया है। हमलोग जहाँ उतरे, वहाँ अनेक नौकाएँ खड़ी थीं और हमारा मन नौकायन के लिए ललचा भी रहा था, परंतु समयाभाव के कारण हम मन मसोसकर रह गए थे। फिर हम भीमताल के लिए चल पड़े थे।

भीमताल

भीमताल की विशाल झील दूर से ही दिखाई देने लगी थी। यहाँ बादलों ने निचले आकाश में कुछ धुँधलका-सा कर दिया था, और वह झील के बीच टापू पर स्थित मंदिर को और रहस्यमय बना रहा था। यहाँ देर तक हमारा फोटोग्राफी का कार्यक्रम चलता रहा। राजू का कहना था कि वनवास के दौरान पांडव वहाँ आकर रहे थे और तभी भीम ने यह ताल खोदा था। यहाँ मंदिर में भीमेश्वर महादेव स्थापित हैं।

भीमताल से अल्मोड़ा जाने के लिए हमें पुनः भोवाली जाना पड़ा। यहाँ से कार के चलते ही राजू ड्राइवर फिर जोश में आ गया क्योंकि रंजना जी ने उससे पहाड़ी गाने सुनाने को कह दिया था। 'हिटो दीदी, हिटो बुला' वह सुनाने लगा और हम सभी अपने-अपने ढंग से उसके स्वर में स्वर मिलाने लगे। यद्यपि कुमाउँनी शब्दों का अर्थ तो हम बाद में बताए जाने पर ही समझे, परंतु गीत की धुन हम सब को

रसमय कर रही थी। भोवाली के आगे चलकर कैंची नामक स्थल पर दोनों ओर चीड़-वन आच्छादित पहाड़ियों के बीच बहता गधेरा (नाला) और उस पर बना लाल रंग का नीम करौली बाबा का मंदिर अनायास मन को आकर्षित कर रहा था और हम चायपान को वहीं रुक गए थे। चाय की उस दुकान पर और आगे भी हमने पाया कि कुमाऊँ में चाय की दुकानों पर चाय के साथ खाने को प्रायः पकौड़े ही मिलते हैं, पर होते हैं स्वादिष्ट।

गोलू देवता का मंदिर

कैंची से जागेश्वर के रास्ते में अल्मोड़ा नगर था और उसमें अत्यंत नयनाभिराम था गोलू देवता का मंदिर। एक छोटे-से पर्वत शिखर पर स्थित इस मंदिर पर भक्त लोग मनोकामना की प्राप्ति हेतु और उसके पूर्ण होने पर घंटे बाँध जाते हैं। मंदिर की दीवारें मुख्यतः लाल रंग से रँगी हुई हैं और उन पर तथा निकटस्थ वृक्षों पर बँधे सहस्रों घंटे अत्यंत मनोहारी दृश्य उत्पन्न करते हैं।

अल्मोड़ा नगर की सुंदरता एवं भव्यता को कैमरे में कैद करने के लिए हम सड़क पर एक स्थान पर रुक गए। जब फोटो लेने लगे, तो ठीक हमारे नीचे स्थित एक पहाड़ी परिवार के मकान से देखती एक स्त्री ने हमें नीचे उसके आँगन में आकर फोटो लेने को आमंत्रित किया, क्योंकि वहाँ से दृश्य और संपूर्णता में मिल रहा था। हम उसके सरल स्नेह की बात सोचते हुए नीचे उतरकर फोटो खींचने लगे। उसका अहैतुक आमंत्रण हमें प्रिय लगा था और तब तो हम उसके स्वागत भाव से अभिभूत हो गए जब उसने चाय का आमंत्रण भी दिया। समयाभाव की बात बताकर हमने विदा ली, परंतु पर्वतों की आतिथ्य परंपरा की मिठास हमारे मन में देर तक घुली रही।

अल्मोड़ा से जागेश्वर का मार्ग अत्यंत रमणीक था, क्योंकि अधिकांश भाग में सड़क के दोनों ओर देवदार के वृक्ष ऐसे खड़े थे जैसे कोई गर्वीली महिला स्कर्ट पहने सीधी अडिग खड़ी हो। हमें अभी तक चीड़-वन मिले थे और हम देख रहे थे कि चीड़ के वृक्षों में देवदार की तुलना में पत्तियों की न्यूनता होती है और वे अपने नीचे कोई झाड़ी उगने नहीं देते हैं, अतः वे सूर्य किरणों के प्रकाश को अंशतः ही रोकते हैं जबकि देवदार के वृक्ष सूर्य के प्रकाश को पूर्णतः बाधित कर और अपने नीचे लता-गुल्म को उगाकर वन की गहनता का आभास द्विगुणित कर देते हैं। सायंकाल जब अंधकार पूर्णतः घिर चुका था, तभी एक निर्जन स्थल पर राजू ने कार बायीं ओर खड़ी कर दी और बोला कि पिछला टायर पंचर हो गया है। हमलोग कार से उतरकर टहलने लगे। ऊपर देवदार के वृक्षों में हलकी-हलकी साँय-साँय हो रही थी और नीचे

नदी में बहते पानी की कलकल ध्वनि ऐसा भयोत्पादक वातावरण प्रस्तुत कर रही थी, जैसे कोई भूत या वनपशु अभी वन से निकलकर प्रकट होने वाला हो। कार के ठीक होने पर हम पर्यटक विश्रामगृह (टी.आर.एच.) जागेश्वर को चल दिए। वहाँ पहुँचकर हम रात में ही मंदिर-समूह देखने पैदल चले गए, क्योंकि उनकी दूरी केवल एक सौ मीटर थी, परंतु सभी मंदिरों के पट तब तक बंद हो चुके थे।

रात्रि बहुत ठंडी थी और दो-दो कंबल ओढ़ने के बाद भी बिस्तर में देर तक हमारी कुलफी बनती रही और नींद नहीं आई। नींद न आने का एक कारण और था—एक कुत्ते का तांडव। मंदिर से लौटते समय एक बड़ा-सा झबरा कुत्ता हमलोगों के साथ लग लिया था। सोने जाने के लिए मैंने जैसे ही दरवाजा खोला, वह आगे-आगे कमरे में घुस गया और किसी तरह भी बाहर निकलने से इनकार करता रहा। यह झाँसा देने पर कि हमलोग बाहर जा रहे हैं, वह साथ में निकला। तब जल्दी से अंदर जाकर हमने कमरा बंद कर लिया। तब वह दरवाजे पर लगातार धक्का देता रहा। एक चौकीदार द्वारा भगाने का प्रयत्न करने पर उस पर बहुत गुर्राया। मेरी पत्नी कहने लगीं कि लगता है कि यात्रियों के न होने पर वह इसी कमरे में सोता है और हो सकता है कि इसी बिस्तर पर कंबल की गर्मी में खर्राटे भरता हो। विश्रामगृह का स्टाफ जा चुका था और हम ठंड से सिकुड़ रहे थे, अतः हमलोग चुपचाप उसी बिस्तर पर लेट गए और देर तक करवटें बदलते रहे। हमारे संशय का चरमोत्कर्ष तो तब हुआ जब प्रातःकाल दरवाजा खोलते ही वह कुत्ता हमें शत्रु की निगाहों से घूरता हुआ कमरे में घुस आया। बाद में होटल स्टाफ से शिकायत करने पर उन्होंने हमें आश्वस्त करने का असफल प्रयत्न किया कि कुत्ते के कमरे में सोने का सवाल ही नहीं उठता है, क्योंकि वे खाली कमरा सदैव बंद रखते हैं।

फिर हम पुनः मंदिरों के दर्शन हेतु गए। जागेश्वर की समुद्र तल से ऊँचाई 1870 मीटर है। जटागंगा नदी एवं देवदार वन के किनारे बने ये मंदिर नवीं सदी से तेरहवीं सदी के मध्य की स्थापत्यकला के बड़े आकर्षक नमूने हैं। जागेश्वर में नदी के दो स्रोत नंदिनी एवं सुरभि आकर मिलते हैं। यह बारह ज्योतिर्लिंगों में प्रथम माना जाता है और श्रावण के माह में तथा महाशिवरात्रि पर यहाँ बड़े-बड़े मेले लगते हैं। जागेश्वर के निकट अन्य मंदिर समूह भी हैं—दंडेश्वर, चंडिका, कुबेर, मृत्युंजय, नंदा देवी, नव-ग्रह, सूर्य आदि। सब समूहों के मंदिरों को मिलाकर कुल 124 मंदिर विद्यमान हैं।

इन मंदिरों का सबसे बड़ा आकर्षण है इनकी प्राकृतिक वातावरण के मध्य स्थिति। जागेश्वर की सुंदरता में रमकर कतिपय साधक-साधिकाओं ने इसे स्वप्नलोक

का नाम दे दिया। दुर्भाग्यवश व्यापारिक हित में यहाँ अनियंत्रित भवन बनाकर इस अतीव सुंदरता को शनैः-शनैः कलुषित किया जा रहा है।

दंडेश्वर महादेव

फिर हमलोग बिनसर के लिए चल दिए। रास्ते में दंडेश्वर महादेव के मंदिर के दर्शन किए। दंडेश्वर मंदिर-समूह का निर्माण नवीं-दसवीं सदियों के दौरान कत्यूरी शासकों द्वारा किया गया था। भगवान शिव को समर्पित पूर्वाभिमुख मुख्य मंदिर की संरचना में रथों का प्रयोग न कर शिखर के बाह्य भाग पर केवल उभार दिखाया गया है, जो इस क्षेत्र के अन्य नागर शैली के मंदिरों से भिन्न है। सौभाग्यवश इन मंदिरों के निकट कोई निर्माण कार्य नहीं हुआ है और यहाँ प्रकृति अपने अक्षत स्वरूप में विद्यमान है।

बिनसर

अल्मोड़ा से बिनसर जाने वाले मार्ग के नीचे राजू ने दूर स्थित एक गाँव दिखाते हुए कहा कि यह उसका गाँव है। तब रंजना जी ने उससे पूछ दिया कि उसका विवाह हो गया है या नहीं। इस पर उसके द्वारा दिए उत्तर ने हमें लोट-पोट कर दिया, "नहीं, जब तक मेरे माँ-बाप जिंदा हैं मैं विवाह नहीं करूँगा, क्योंकि यहाँ कहावत है कि 'अल्मोड़ा की स्त्री और भूमियाधार (गाँव का नाम) के मिस्त्री का क्या ठिकाना?'।"

लगभग साढ़े तीन बजे दिन हम बिनसर सैंक्चुअरी के गेट पर पहुँच गए थे। यह प्रतिबंधित वनक्षेत्र है, जहाँ बिना आज्ञा घुसा नहीं जा सकता है। कभी कोई शिकार नहीं किया जा सकता है, न कोई लकड़ी इससे निकाली जा सकती है और न कोई पौधारोपण इसमें किया जा सकता है। लगभग 10 किलोमीटर अंदर एक टी.आर.एच. है और एक वन-विभाग का डाक बंगला। यहाँ बिजली के खंभे लगाने की अनुमति न होने के कारण टी.आर.एच. में एक जेनेरेटर से केवल 6 बजे सायं से 9 बजे रात्रि तक ही बिजली आती है। पानी नीचे 5 किलोमीटर दूर स्थित स्रोत से चढ़ाया जाता है। यही प्रतिबंध इस स्थान के नैसर्गिक सौंदर्य को अक्षुण्ण रखते हैं और इसका रोमांच बढ़ाते हैं। टी.आर.एच. की एक विशाल छत को पर्वत-दर्शन स्थल के रूप में प्रयोग किया जाता है। हमारे पहुँचने के समय पर्वत शृंखलाएँ मेघाच्छादित थीं, अतः हम सूर्यास्त की छटा देखने डाक बंगले चले गए। वहाँ सूर्य देवता क्षितिज के नीचे जाते हुए अपनी सतरंगी किरणों से पल-पल आकाश का रंग बदलकर हमें सम्मोहित कर रहे थे।

रात्रि में भोजन से पूर्व एक हॉल में एकत्र होकर हम सब ने गीत गाकर, अंत्याक्षरी खेलकर, कविता पढ़कर, और नृत्य कर खूब धमाल मचाया। दूसरी प्रातः 6 बजे से ही हमलोग सूर्योदय के समय बर्फ से आच्छादित पर्वत शिखरों को देखने हेतु उस विशाल छत पर एकत्र हो गए। हमने वहीं चाय मँगा ली और उसकी गर्म-गर्म चुस्कियाँ लेते हुए बर्फ की चोटियों को लाल, सुनहरा और श्वेत रंगों से आच्छादित होते हुए देखते रहे।

अल्पाहार के उपरांत घने वन में पैदल चलकर हमलोग जीरो प्वाइंट गए। यहाँ हिमाच्छादित चोटियों को देखने हेतु ऊँचा-सा व्यू-प्वाइंट बनाया गया था। खिली धूप में हमें हिम-शिखरों के मनोरम दर्शन हो रहे थे, जिससे साधक-साधिकाओं के होंठ गुनगुनाने लगे और पैर थिरकने लगे। फिर 'हिटो दिदी, हिटो बुला', 'बेडु पाको बारु मासा' आदि गानों पर महिलाओं ने जमकर पर्वतीय नृत्य किया और पुरुषों के नौसिखिये पैरों ने भी घोर तांडव किया।

'हम पुनः आ पाएँ या न आ पाएँ, पर तुम्हें भुला न सकेंगे' का भाव मन में बसाये हुए हम दूसरे दिन वापस लखनऊ आ गए।

राधानगरी में रमण

यदि यात्रा को उत्सव बनाना है तो समूह में यात्रा करो। मैं और मेरी पत्नी नीरजा द्विवेदी भी वानप्रस्थ योग केंद्र के सदस्यों के साथ राधानगरी वृंदावन की यात्रा पर गए थे। वसंत ऋतु की सुहानी दोपहरी में 26 मार्च को हम बीस व्यक्ति–दस साधिकाएँ, नौ साधक एवं एक बालक–लखनऊ-जयपुर एक्सप्रेस के ए.सी. थ्री डिब्बे में चारबाग स्टेशन पर मथुरा के लिए सवार हुए थे। सवार क्या हुए थे डिब्बे में ऐसा तूफान ला दिया था जैसे पूरा डिब्बा अकस्मात दोनों नाक से भर्स्त्रिका प्राणायाम करने लगा हो–वह भी बाबा रामदेव की भाँति भुजाएँ पूरी उठा-उठाकर। दूसरे यात्री साधकों के इस आकस्मिक हमले से सकपका गए थे और उनकी जान में जान तब आई थी जब निकटता का आनंद उठाने के उद्देश्य से हममें से अठारह दो ही कंपार्टमेंट्स में ऐसे समा गए थे जैसे बोरों में ठुँसे हुए गेहूँ। फिर कुछ क्षण को हम शांत हो गए थे जैसे भर्स्त्रिका के उपरांत साँसें सामान्य कर रहे हों। शांत स्वभाव के सत्तर वर्षीय सोनकर जी ने अवश्य अपनी पत्नी के साथ हम सबसे अधिकतम दूरी की दो शायिकाएँ ले ली थीं। इस विषय में सीमा बाजपेयी जी ने अपनी सुविचारित राय दी थी कि वह अपनी सुंदर पत्नी के साथ निर्बाध हनीमून मनाने के लिए हमरो दूर जगे हैं।

गाड़ी अभी मानकनगर स्टेशन भी पार नहीं कर पाई थी कि सीमा जी ने 'समय बिताने के लिए करना है कुछ काम, शुरू करो अंताक्षरी लेकर हरि का नाम' गाना प्रारंभ कर दिया था। फिर बिना कुछ कहे ही मेरे कंपार्टमेंट में आमने-सामने बैठे साधकों में तालियों के साथ अंत्याक्षरी प्रतियोगिता प्रारंभ हो गई थी। साधकों की तालियों का उल्लास रेल के वेग के साथ बढ़ता रहा था। मैं आश्चर्यमिश्रित प्रसन्नता से देख रहा था कि सीमा जी के अतिरिक्त विद्या जी, लता मेहरा जी, कंचन सोनी जी, तरु भंडारी जी, नीरजा द्विवेदी जी आदि साधकों के पास सिनेमा के गानों का

अथाह भंडार था। रंजना जी न केवल गायन में सिद्धहस्त थीं वरन नृत्य की हस्त-मुद्राओं में भी निपुण थीं, जिनका वह मनोहारी प्रदर्शन कर रही थीं। मैं भी बीच-बीच में उस तरह हाँक लगा देता था जैसे कव्वाली गाने वालों के पिछलग्गू बीच-बीच में मुख्य गायक के कुछ बोल दोहरा देते हैं। चाय-पान, टी.टी. के आगमन अथवा बालक अक्षय के हमलोगों के बीच कभी यहाँ कभी वहाँ ठुँस जाने के प्रयत्न से उत्पन्न व्यवधान के अतिरिक्त यह सिलसिला लगभग अबाध गति से चलता रहा था। गायकों के थक जाने पर बी.जी.पी. अर्थात् बालगोविंद पालीवाल जी अपना व्हाट्सएप खोलकर मजेदार चुटकुले सुनाने लगते थे। उन चुटकुलों में से एक छात्रा द्वारा रामायण का अवधी में प्रस्तुत सारांश गजब का था। इस प्रकार गाते-बजाते हमलोग रात्रि 10 बजे वृंदावन के सुखधाम भवन में पहुँच गए थे और पूर्व-आदेशित सुस्वादु भोजन प्राप्त कर सो गए थे।

प्रातः जब मेरी आँख खुली थी तब मेरे कमरे के पीछे के उपवन से मोरों की पिहों-पिहों की आवाज आ रही थी। कुछ देर पश्चात तीतरों की प्यारी-सी आवाज भी सुनाई दी थी और मेरी पत्नी नीरजा मुदित होकर बोली थीं, "कितने दिन बाद तीतरों के बोलने की आवाज सुनाई पड़ रही है।" जब मैं कमरे से बाहर आकर सुखधाम भवन के गेट पर स्थित कैफेटेरिया में चाय पीने आया, तब तक अनेक साधक वहाँ चयास बुझाने आ चुके थे। कैफेटेरिया के सामने एक छोटा-सा लॉन था और उसके पीछे राधा-कृष्ण का छोटा-सा मंदिर, जिसके अंदर कई साधक दर्शनार्थ गये हुए थे। कुछ देर पश्चात सुखधाम भवन के सामने राधे-राधे का जाप करती हुई सैकड़ों महिलाओं की टोली दूरस्थ एक बड़े-से मंदिर की ओर जाती हुयी दिखाई पड़ी थी। उस समय समस्त वातावरण राधेमय हो रहा था।

अल्पाहार के उपरांत हम 9 बजे कारों से नंदग्राम को प्रस्थान कर गए थे और 10 बजे वहाँ पहुँच गए थे।

नंद मंदिर

नंदग्राम एक ऊँचे टीले पर स्थित है और नंद जी का मंदिर उसके शिखर पर। मंदिर पहुँचने के लिए दो-तीन सौ मीटर चढ़ना पड़ता है। ऊँचाई से ग्राम के छोटे-छोटे रँगे-पुते भवनों एवं गेहूँ, सरसों, चने आदि के खेत्तों का दृश्य अत्यंत रमणीक था। मंदिर परिसर वृहत एवं भव्य था, परंतु गर्भगृह जिसमें नंद जी की बड़ी-सी मूर्ति के अतिरिक्त राधाकृष्ण जी भी विद्यमान थे, को एक छोटे कमरे का रूप दे दिया गया था। पंडे श्रद्धालुओं के छोटे-छोटे समूह बनाकर गर्भगृह में घुसने देते थे। एक समूह

के घुसने के पश्चात प्रवेश-द्वार बंद कर देते थे। जब मैं गर्भगृह में घुसने को प्रतीक्षारत था तब कोई-न-कोई पंडा साथ चलने हेतु हमें पटाने को मुझसे मेरे निवास-स्थान, जनपद नाम, पिता का नाम आदि पूछने लगता था। मेरे द्वारा सूखा-सा मुँह बनाकर इनकार कर देने पर राधे-राधे कहकर आगे बढ़ जाता था और मैं कुछ भौचक्का-सा उसे देखता रह जाता था। आगे चलकर मुझे ज्ञात हुआ कि मथुरा-वृंदावन का क्षेत्र इतना राधामय है कि राधे-राधे का प्रयोग नमस्कार करने तक सीमित नहीं है वरन आशीर्वाद देने, कृतज्ञता जताने, वितृष्णा ज्ञापित करने, क्षोभ प्रकट करने जैसी परिस्थितियों में भी किया जाता है और प्रत्येक असामान्य परिस्थिति को सहज बना देने में यह रामबाण सिद्ध होता है। गोकुल में जब कृष्ण जी के जीवन पर बार-बार कंस अथवा उसके सहयोगियों द्वारा आक्रमण होने लगे थे, तो नंद जी उन्हें यहीं ले आए थे। राधा जी का ग्राम बरसाने यहाँ से निकट होने के कारण इसी अवधि में कृष्ण जी का राधा से प्रेम हो गया था—आध्यात्मिक और प्लेटोनिक। राधा जी कृष्ण जी से आयु में बड़ी थीं, पहले से विवाहिता थीं और रिश्ते में कृष्ण की मामी थीं। राधा-कृष्ण का यह प्रेम संसार भर के हिंदुओं को आज तक अनवरत प्रेमोत्सव में डुबोए रहता है। इसने एक ऐसी उत्स-संस्कृति को जन्म दिया है, जो जीवन को पल-पल उत्सवमय बनाती है और चिरानंद को प्राप्त कराती है।

फिर हम बरसाने गए। पहले कृपालु जी के रंगीली महल पर रुके, जो यथा नाम तथा गुण था।

बरसाने का राधा मंदिर

वहाँ से पर्वत शिखर पर स्थित राधा मंदिर गए। पैदल चढ़ाई के मार्ग पर लगे बुगेनवेलिया के लाल फूल हमारे हृदयों को प्रफुल्लित कर रहे थे। यह मंदिर नंदग्राम के मंदिर की तुलना में अधिक वृहत, भव्य एवं दर्शनीय था। यहाँ का माहौल किसी मंदिर की बजाय रंगस्थल का माहौल अधिक लगता था। गर्भगृह के सामने दर्शनार्थी राधा-कृष्ण की मनमोहक मूर्तियों के दर्शन हेतु धक्का-मुक्की कर रहे थे, परंतु उनके आगे बड़े-से आगार में मंजीरे और ढोलक की थाप पर राधारानी के प्रेमगीत अनवरत गाए जा रहे थे। भक्त-भक्तिनों का नृत्य चल रहा था, जिसमें जिसका मन चाहे वह सम्मिलित हो जाता था। ऐसे उत्फुल्लकारी माहौल में हमारे समूह की महिलाएँ कैसे रुक सकती थीं, उनमें से अनेक मग्न होकर नाचीं।

कुसुम सरोवर

बरसाने से चलकर हम गोवर्धन पहुँचे। यहाँ जब अनवरत वर्षा से जनजीवन असुरक्षित हो गया था, तब कृष्ण ने गोवर्धन पर्वत को उँगली पर उठाकर उनकी वर्षा से रक्षा की थी। मुझे यह देखकर आश्चर्य हो रहा था कि यहाँ अब कोई पर्वत नहीं था। बस मंदिर था जिसमें एक बड़ी मनोहारी राधा-कृष्ण की मूर्ति विराजमान थी। मंदिर से लगभग पाँच किलोमीटर दूर कुसुम सरोवर था–एक विशालकाय ताल जो सुंदर, परंतु वीरान था।

वहाँ से हमलोग मथुरा आ गए। वहाँ पुलिस उपाधीक्षक श्री मुकुल द्विवेदी *(टिप्पणी–इस यात्रा-वृत्तांत में हमारे आतिथेय श्री मुकुल द्विवेदी वही पुलिस अधिकारी हैं, जो मेरे भतीजे थे और कालांतर में राजनीतिक भू-लिप्सा को रोकने के दौरान जवाहरबाग-कांड में शहीद हो गए थे।)* ने अपने घर पर समोसा, खस्ता कचौड़ी, ढोकला और मलाईदार लस्सी के भोजन पर आमंत्रित कर रखा था। लस्सी इतनी स्वादिष्ट थी कि मेरे सहित अधिकांश साधक यह कहे बिना न रह सके कि उन्होंने इतनी स्वादिष्ट लस्सी पहले कहीं नहीं पी थी।

सायं होने पर साधक द्वारिकाधीश मंदिर गए। श्री मुकुल द्विवेदी ने जलमार्ग से नाव पर सैर करते हुए वहाँ जाने का प्रबंध करवा दिया था। ढलते सूरज की वेला में मंद बयार बह रही थी। ऐसे में नाव की सैर बड़ी लुभावनी थी और वहाँ से आरती के दृश्य व घंटियों की ध्वनि ने हमें एक अलौकिक संसार में पहुँचा दिया था। वहाँ से सब लोग कृष्ण जन्म स्थान पर आ गए। जन्म-स्थान निःसंदेह भव्य एवं सुंदर था, परंतु मानव द्वारा ईश्वर को बाँट देने के उद्‌देश्य से उसकी बगल में बनायी गई मस्जिद और दोनों की सुरक्षा हेतु लगे सैकड़ों पुलिसजन हृदय में टीस पैदा करते थे। जन्म-जेल के दर्शन के उपरांत हमने उसी परिसर में नए बने मंदिरों के दर्शन किए और यंत्रचालित गुड़ियों द्वारा दिखाई जाने वाली लीलाएँ देखीं। फिर राधा-कृष्ण के खयालों में मग्न होकर हम सुखधाम भवन पर आकर सो गए।

अगला दिन हम सबने वृंदावन के भ्रमण के लिए आरक्षित कर रखा था। सर्वप्रथम हम अतीव कामरूप बाँकेबिहारी के दर्शन करने गए। मंदिर पतली गलियों के अंदर स्थापित है और भीड़ के कारण वहाँ पहुँचने में कठिनाई होती है। फिर भी बाँकेबिहारी की एक झलक पाने हेतु दर्शनार्थी जान की बाजी लगाए रहते हैं। देश-परदेश से मँगाये गए गुलाब और गेंदे के फूलों की मालाओं से मंदिर गमकता रहता है। वृंदावन के बंदरों का परिचय दिए बिना वर्णन अधूरा रहेगा। हमें पहले से ही सचेत कर दिया गया था कि अपने-अपने पर्स, खाद्य पदार्थ और चश्मे छिपाकर

रखें। बंदरों द्वारा लुटेरों की भाँति इन्हें उड़ा लेने एवं विभिन्न प्रकार के नाटक कर मनचाहा खाद्य पदार्थ प्राप्त करने के उपरांत ही वापस करने के किस्से यहाँ गली-गली में प्रचलित हैं।

हमारा अगला गंतव्य था निधिवन अर्थात् वृंदावन, जो आज भी राधा और कृष्ण का रासलीला-स्थल माना जाता है। यहाँ जाने हेतु हम कार से यमुना तट तक गए। वहाँ से पतली लंबी गलियों में पैदल चलकर रहस्योत्पादक एकांत में स्थित इस वन में पहुँचे। हमारे साथ एक स्वयं में खोई रहने वाली मनमौजी महिला थीं–अनिता जी। वह प्रायः समूह से अलग चलती थीं और देर से तैयार होने, चाभी खो जाने, सड़क पर गन्ने का रस पीने लगने जैसे कारणों से समूह को प्रतीक्षारत रखती थीं। यमुना तट से हम कुछ दूर आगे बढ़ चुके थे कि तभी पीछे से जोर-जोर से चीख-पुकार आने लगी थी। हमलोग पीछे देखते हुए रुक गए थे। बड़ी देर बाद अनीता जी आईं, तब पता चला था कि बंदर उनका पर्स उड़ा ले गया था, जिसे बड़ी चिरौरी और खातिरदारी के बाद ही वापस किया था। वृंदा तुलसी का दूसरा नाम है और यह वन एक नवीन प्रकार की तुलसी के वृक्षों से भरा हुआ है। ये तुलसी के वृक्ष मनुष्य की ऊँचाई से 2-3 फुट अधिक ऊँचे होते हैं। इनमें प्रत्येक में अनेक घुमावदार तने होते हैं जो सर्प-सर्पिणी की भाँति एक-दूसरे से लिपटे रहते हैं, जिसे राधा-कृष्ण के चिर-आलिंगन का द्योतक माना जाता है। ऊपर इनकी शाखाएँ लता-गुल्म की भाँति फैलकर दूसरे निकटस्थ वृक्ष का चुंबन लेती रहती हैं। इनकी घनी पत्तियाँ प्रेम-क्रीड़ारत राधा-कृष्ण को एकांत उपलब्ध कराती हैं। इस वन के बीच में एक छोटा-सा मंदिर है, जहाँ प्रति रात्रि राधा-कृष्ण के लिए खीर और पान के दो बीड़े रख दिए जाते हैं। इनके विषय में प्रचलित है कि अगली प्रातः दोनों बीड़े खाये हुए पाए जाते हैं। इस उपवन के बाहर दो दिशाओं में कतिपय भवन बने हुए हैं, जिनकी खिड़कियाँ लकड़ी का पटरा ठोंककर बंद कर दी गई हैं क्योंकि लोगों का विश्वास है कि यदि कोई व्यक्ति राधा-कृष्ण की रासलीला धोखे से भी देख लेता है तो अंधा हो जाता है और यदि जानबूझकर देखता है तो मर जाता है। रमणीक वन में राधारानी और कृष्ण-कन्हैया की रासलीला का रहस्य हमारे मन में गहराई तक रम रहा था और हम भी राधा-कृष्ण लीन हो रहे थे। मंदिर से आगे चलकर कतिपय समाधि स्थल दिखाई दिए, जो उन व्यक्तियों के बताये गए जिन्होंने निधिवन में लुक-छिपकर रासलीला को देख लिया था और दूसरी प्रातः मृत पाये गए थे। यह सुनकर भी हममें से कतिपय लोग इतने राधाकृष्णमय हो रहे थे कि यदि अवसर मिलता तो रात्रि में छिपकर रासलीला देखने को तत्पर थे।

निधिवन से हम श्रीरंग जी मंदिर गए। श्रीरंग जी मंदिर दक्षिण भारत की स्थापत्य कला का उत्कृष्ट नमूना है। इसके मुख्य द्वार पर टनों वजन वाला ऊँचा-सा स्वर्ण स्तंभ विद्यमान है। इसके अतिरिक्त अनेक मूर्तियाँ और रथ, जो अवसर विशेष पर ही निकाले जाते हैं, रजत एवं स्वर्ण के बने हुए हैं। हमारे गाइड ने यहाँ मुख्य द्वार के निकट एक मूर्ति दिखाकर एक अनोखी कहानी बताई। उसका कहना था कि इस मूर्ति में कृष्ण के वेश्या के यहाँ जाने के लिए उद्यत होने पर राधा द्वारा उन्हें रोकना दिखाया गया है। हम सब राधा-कृष्ण के प्रेम में ऐसे खोये हुए थे कि ऐसी अविश्वसनीय बात सुनकर भी हममें से किसी का उस गाइड से कोई प्रश्न करने का मन न हुआ।

रमण की रेती

श्रीरंग जी के मंदिर से हमारा योगी समूह गोकुल और रमण की रेती गया। शिशु कान्हा के रेत में लोट लगाने और यशोदा मय्या के उन्हें देखकर खिलखिलाने की कल्पना किसका मन नहीं मोह लेगी! सोनी जी और अक्षय ने जी भरकर लोट लगाई। दूसरे दिन मथुरा से लखनऊ आते समय सोनी जी ने रेलगाड़ी में हमें बताया कि पता नहीं उस रेत में क्या विशेषता थी कि लोट लगाने के बाद उन्होंने न तो रेत साफ की और न नहाए, फिर भी उन्हें किसकिसाहट की कोई अनुभूति नहीं हुई।

रमण की रेती से लौटकर हम सब सीधे इस्कॉन मंदिर गए। मुकुल द्विवेदी जी ने इस्कॉन की आरती की भूरि-भूरि प्रशंसा करते हुए हमें बताया था कि उस आरती के पश्चात होने वाले नृत्य को देखते समय बहुत कम पुरुष और महिलाएँ अपने को नृत्य में सम्मिलित होने से रोक पाते हैं। अतः हमलोग आरती के दौरान ही वहाँ पहुँच गए थे। यद्यपि मंदिर में बड़ी भीड़ थी, तथापि आरती का दृश्य अत्यंत आह्लादकारी था। आरती समाप्त होते ही कतिपय उत्साही साधिकाएँ नृत्य देखने प्रभुपाद मंदिर चली गईं और नृत्य मंडली में उन्मुक्त होकर नाचीं।

प्रेम मंदिर

इस्कॉन मंदिर से हम प्रेम मंदिर गए। आज का दिन पर्याप्त गर्म रहा था, परंतु हमारे प्रेम मंदिर पहुँचते ही आकाश में अकस्मात घने बादल छा गए, बिजली कड़कने लगी और पानी की बौछारें पड़ने लगीं। ऐसा लग रहा था कि नृत्यलीन राधा-कृष्ण का प्रेम फुहार बनकर हमारे संतप्त बदन को रोमांचित कर रहा था। यह मंदिर स्थापत्य कला का उत्कृष्ट उदाहरण होने के अतिरिक्त प्रकाश की थोड़े-थोड़े अंतराल पर परिवर्तित

होने वाली रंगसज्जा के कारण रात्रि में प्रेमलोक जैसा लग रहा था।

प्रेम मंदिर से हम राधा-कृष्ण के प्रेम रस में लीन होकर रात्रि विश्राम हेतु सुखधाम भवन चले आए। राधानगरी की यादें सँजोए हम अगली प्रातः ट्रेन से लखनऊ के लिए वापस चल दिए।

योगसाधकों का देवभूमि प्रस्थान

मैं संजय हूँ—त्रिकालद्रष्टा। मेरी दृष्टि से कहीं कुछ छिप नहीं सकता—न भूत, न वर्तमान, और न भविष्य। मुझसे यह छिपा नहीं है कि महामना मालवीय मिशन, गोमतीनगर, लखनऊ में एक योग केंद्र है जहाँ ब्राह्मवेला के अंधकार में प्रतिदिन निशाचरी योगियों का जमावड़ा होता है—योगसाधक, जो योग-ध्यान की क्रियाएँ प्रारंभ करने से पूर्व घुमक्कड़ी और खान-पान की इतनी बातें करते हैं कि योग-केंद्र कबाड़ी बाजार बन जाता है। फिर घुमक्कड़ी एवं जिह्वाप्रिय भोजन हेतु बनी योजनाओं के निर्विरोध कार्यान्वयन के लिए वे उन्हें होली-मिलन, वन-पर्यटन, तीर्थ-यात्रा जैसे सर्वस्वीकार्य नाम देते हैं। एक यात्रा से लौटते हैं कि दूसरी यात्रा का कार्यक्रम बनाने लगते हैं। कुछ दिन पूर्व ही ये देवभूमि की यात्रा हेतु गए थे। देवभूमि को प्रस्थान करते समय महामना मालवीय मिशन के गेट पर उनके एकत्रित होने का दृश्य मैंने कुछ ऐसा देखा था—

शीत ऋतु के आरंभ की शीतल प्रातः है, अभी भी अंधकार छँटा नहीं है। बीस व्यक्तियों को बिठाकर स्टेशन तक सैर कराने वाला देवयान, आजकल जिसे लक्जरी-बस कहते हैं, महामना मिशन के गेट पर खड़ा है—कच्ची नींद में जगाया हुआ यानचालक ऊँघ रहा है। तभी गेट की दाहिनी दिशा से आधुनिक धृतराष्ट्र अपनी आधुनिक गांधारी के साथ आधुनिक ऋषि-आश्रम अर्थात् महामना मालवीय मिशन के गेट की ओर आते दृष्टिगत होते हैं। भटनागर जी योग केंद्र के व्यवस्थापक हैं, परंतु हैं धृतराष्ट्र का आधुनिक प्रतिरूप। द्वापर के धृतराष्ट्र देखते नहीं थे, पर भटनागर जी देखते तो सब कुछ हैं, परंतु बोलते किसी से कुछ नहीं हैं। उनकी सहधर्मिणी ने भी आधुनिक गांधारी-सम अपने मुँह पर पट्टी बाँध रखी है। दोनों बिना कुछ बोले देवयान में प्रवेश कर जाते हैं। फिर सामने लगभग 100 मीटर दूर डाकुओं के समान चादर में ढँके हुए तीन चेहरे प्रकट होते हैं। शीत के कारण चेहरे इतनी परतों में बंद हैं कि मुझ जैसा त्रिलोकदर्शी भी उन्हें पहचान नहीं पा रहा है,

परंतु उनके 'कोकिल' कंठ रात्रि के सन्नाटे को ऐसी निर्ममता से चीर रहे हैं कि यदि कोई शत-प्रतिशत बधिर न हो तो विश्वासपूर्वक बता सकता है कि उनमें कबाड़ी बाजार की तेज-तर्रार संचालिका के समान जो सबसे अधिक मुखर हैं वह हैं कबाड़ी-गुरु सीमा बाजपेयी। इनको योग केंद्र को प्रति प्रातः कबाड़ी बाजार बना देने में पाँच पल भी नहीं लगते हैं। दूसरी हैं विद्या जी, जो यदा-कदा ऐसे बोल पड़ती हैं जैसे कबाड़ी बाजार के शोर में मौका मिलते ही 'रद्दी अखबार बारह रुपये किलो' की हाँक लगा देती हों। यह सीमा बाजपेयी की स्वयंभू संरक्षिका होने के कारण दोनों हाथों में एक-एक बेंत पकड़े हुए हैं। गोल चेहरे पर मधुर मुस्कान बिखेरे बड़ी बिंदी लगाए हिंदी भाषा का निर्दयता से मद्रासीकरण कर देने वाली तामिलनाडु की लता जी हैं। ये तीनों अभी हरि ओम (शुभ प्रातः के स्थान पर योग केंद्र पर बोला जाने वाला अभिवादन) भी नहीं कह पाई हैं कि उसी ओर से आती दिखाई देती हैं मधुमिता जी और इंदु जी। दोनों की दोस्ती का रहस्य यह है कि दोनों मितभाषी हैं और मुस्कान को इतनी कंजूसी से बिखेरती हैं जैसे भिखारी को इकन्नी की भीख दे रही हों। गेट के बायीं ओर से सूटकेस को योगासन के झोले की तरह लटकाए चले आ रहे हैं भंडारी जी, जिन्होंने साधकों से यात्रा हेतु धन एकत्रित किया है और अब उसे ऐसे समेटे रहते हैं जैसे साँप अपने अंडों को कुंडली मारकर समेटे रहता है। वह साथ में फुलोरिया जी को भी लाए हैं जिनकी श्रीमती का झोला खाने-पीने की चीजों से ऐसा फूला हुआ है कि यदि भुक्खड़ साधक बस के चलते ही उस पर न टूट पड़े, तो बस के झटकों से उसका पेट ही फट जाएगा। वह जो स्मार्ट-सी महिला दाहिने से आ रही हैं, वह हैं केंद्र की अनुशासिका रंजना पांडे जी। उनके सामने बड़े-बड़ों की रूह काँपती है। उनके पीछे उनके सुअनुशासित पति पांडे जी गर्दन लटकाए चले आ रहे हैं। अरे, वह सामने से आते हुए साहब बुल्गानिन नहीं हैं—वह हैं तो पालीवाल जी, पर सामान्य साधकों पर रुआब गालिब करने को बुल्गानिन-कट तुक्की रखे हैं। ये जो दोनों हाथों में राशन कार्ड लटकाए सौम्य एवं शांत से महानुभाव मंथर गति से पधार रहे हैं, यह हैं सोनकर जी, और उनके पीछे उनसे भी अधिक सौम्य जोड़ा है सोनी जी का। यह दंपती यथा नाम तथा गुण है। मैं उनका भविष्य स्पष्ट देख रहा हूँ कि वे देवभूमि तो पहुँचेंगे, पर ब्राह्मवेला में उठकर वनभ्रमण करने की बजाय तंद्रारानी की गोद में स्वप्निल रहना अधिक पसंद करेंगे—उनके दर्शन हेतु प्रतीक्षारत शेर और भालू वंचित ही रह जाएँगे। देर से आने वाले योगी मन मसोसे हुए शांत हैं क्योंकि उन्हें यान की पिछली सीटें ही उपलब्ध हो पा रही हैं, परंतु यह शांति क्षणिक है, देवभूमि में सब अवधूत शंकर के गण बन जाएँगे।

मुझे आशंका है कि शंकर जी की यह बारात देखकर वन्य-पशु देवभूमि के अरण्य से पलायन न कर जाएँ और वन-कर्मचारी उनके स्थान पर इन योगियों को ही वहाँ न रख लें–ओम शांतिः, शांतिः, शान्न्न्न्न्न्न्न्न्तः।

देवभूमि में योगी द्वादश

गढ़वाल देवभूमि है—उत्तर भारत को स्नेहमयी माता सम जीवनदायिनी गंगा नदी का उद्गम गोमुख, वृंदावन में कृष्ण संग कल्लोल करने वाली यमुना का उद्गम यमुनोत्री, भगवान शंकर का हिमाच्छादित केदार पीठ एवं भगवान विष्णु का बद्रीनाथ धाम तथा सिखों का पवित्रतम तीर्थस्थल हेमकुंट साहिब इसी पावन भूमि में स्थित हैं। इनके अतिरिक्त यहाँ ग्राम-ग्राम, नगर-नगर एवं शिखर-शिखर देवी-देवताओं के मठ-मंदिर हैं। यह भूमि आस्थाजनित आकर्षण का केंद्र तो है ही, अतीव नैसर्गिक सुंदरता के कारण सैलानियों का स्वर्ग भी है।

वानप्रस्थ योग केंद्र, गोमतीनगर, लखनऊ, जिसका सदस्य होने का सौभाग्य मुझे प्राप्त है और जिसके सदस्यों का मन 5-6 महीने दैनिक योग क्रियाएँ करने के उपरांत दर्शनीय स्थानों पर भ्रमण के लिए कुलबुलाने लगता है, के भ्रमणीय स्थानों की सूची से ऐसा गढ़वाल कैसे छूट सकता था! जून माह से ही गढ़वाल भ्रमण की चर्चाएँ प्रारंभ हो गई थीं और जुलाई माह में 27 अक्तूबर से 2 नवंबर, 2015 तक वहाँ भ्रमण पर जाने का कार्यक्रम बना लिया गया था तथा रेल, बस, टूरिस्ट रेस्ट हाउस आदि का आरक्षण भी करा लिया गया था। हमारा प्रथम विश्राम धामपुर रखा गया था क्योंकि वहाँ रहने वाले नरेंद्र कुमार गुप्ता जी, जो मेरे सहपाठी रह चुके थे, ने विशेष आग्रह कर वहाँ के माइक्रो-रिजॉर्ट में एक रात्रि बिताने हेतु आमंत्रित किया था। कुल 15 व्यक्ति हेतु आरक्षण कराया गया था, परंतु यात्रा पर प्रस्थान से ठीक पूर्व यात्रा-प्रबंधन के सक्रिय सदस्य तरु भंडारी और उनकी पत्नी कल्पना भंडारी को विदेश जाना पड़ गया था तथा हर समय गायन, वादन, अंताक्षरी, नृत्य आदि कार्यक्रमों की जोशीली प्रेरक सीमा बाजपेयी को अपरिहार्य कारणवश घर पर रुक जाना पड़ा था। इससे सभी को पर्याप्त निराशा हुई थी, परंतु हमारे योग समूह में कौशल की कोई कमी नहीं थी। बिना किसी के कुछ कहे ही तरु भंडारी का कार्य

बाल गोविंद पालीवाल ने और सीमा बाजपेयी का कार्य रंजना पांडे व नीली श्रीवास्तव ने सँभाल लिया था। कुल द्वादश संख्या में योगसाधक 27 अक्तूबर की रात को लखनऊ से धामपुर के लिए चंडीगढ़ एक्सप्रेस ट्रेन में चढ़े थे। ए.सी. 2 डिब्बे के दो कंपार्टमेंट में हम 12 लोग समा गए थे। मैंने सबको बता दिया था कि ट्रेन धामपुर में प्रातः 4 बजकर 50 मिनट पर पहुँचेगी और केवल दो मिनट रुककर चल देगी। अतः धामपुर पहुँचने से पहले ही हम सब जागकर अपना सामान तैयार करने लगे थे। मैंने अपने कंपार्टमेंट के सब लोगों को समय से जगा दिया था। दूसरे कंपार्टमेंट में बाल गोविंद पालीवाल ने जल्दी से तैयार होकर सबको जगा दिया और स्वयं ध्यान करने लगे थे। जब गाड़ी प्लेटफॉर्म पर रुकी और गिनती की गई, तो सोनी जी नदारद पाये गए। पालीवाल जी ने जल्दी से ट्रेन में चढ़कर साइड की बर्थ पर खर्राटे भरते सोनी जी को पुनः जगाया और उनका बैग लेकर चलती ट्रेन से उतर आए। सोनी जी, जो सोते हुए संभवतः पत्नी के खयालों में खोये हुए थे, ने आँखें मलने में इतनी देर लगा दी कि ट्रेन तेज हो गई और सोनी जी को अपने साथ लेती गई। हम सभी के मुख पर चिंता की रेखाएँ उभर आईं क्योंकि सोनी जी का मोबाइल उनके बैग के साथ प्लेटफॉर्म पर उतर आया था और उन्हें नहीं ज्ञात था कि धामपुर में हमलोग कहाँ रुकेंगे। पर तभी चिर-हँसमुख विद्या सिंह बोल पड़ीं, “सोनी जी को तो इस प्रकार के हादसे पैदा करने व उनसे गुजरने की आदत है। कुछ दिन पहले ही तो सड़क के किनारे आयोजित एक रात्रिभोज के दौरान वह सड़क के मैनहोल में गिर गए थे और उसमें से सुरक्षित निकाल लिए जाने के उपलक्ष्य में सीमा बाजपेयी ने उन्हें उकसाकर उनसे एक पार्टी भी तो ले ली थी।”

यह सुनकर सब हँस पड़े और सामान्यतः चुप रहने वाले भटनागर जी भी बोल पड़े, “हाँ, दुधवा फॉरेस्ट में भी जब सब लोग सुबह-सुबह गेंडा देखने गए थे, तो सोनी जी सोते रह गए थे। चलो, आज उन पर एक पार्टी और ड्यू हो गई।”

नरेंद्र कुमार गुप्ता जी ने अपने द्वारा संचालित स्कूल की एक बस हमलोगों को माइक्रो-रिजॉर्ट ले जाने हेतु स्टेशन पर भेज दी थी। यह बस बाद में भी गढ़वाल की पूरी यात्रा के दौरान हमारे साथ रही। हमलोग उससे 15 मिनट में वहाँ पहुँच गए। तब तक सोनी जी का फोन आ गया। उन्होंने ट्रेन में किसी से मोबाइल माँग लिया था और पालीवाल जी से हमारे रुकने के स्थान का पता पूछ लिया था। सोनी जी अगले स्टेशन पर उतरकर बस से हमलोगों के पास माइक्रो-रिजॉर्ट पहुँच गए और हम सबने चैन की साँस ली।

गढ़वाल जाने के लिए सामान्यतः धामपुर, जो मैदानी क्षेत्र में मुरादाबाद से

70 किलोमीटर पश्चिम-उत्तर में स्थित है, में उतरने की आवश्यकता नहीं होती है, परंतु धामपुर निवासी मेरे मित्र नरेंद्र कुमार गुप्ता ने अपने इस रिजॉर्ट की बडी प्रशंसा कर रखी थी और बताया था कि यह अभी हाल तक प्रसिद्ध अभिनेत्री वहीदा रहमान का वैयक्तिक रिजॉर्ट था। लगभग 5.30 बजे प्रातः जब हम इस रिजॉर्ट के गेट में घुसे, तो धामपुर जैसे स्थान पर लगभग 50 एकड़ में फैले वनाच्छादित रिजॉर्ट को देखकर अचंभित रह गए। गेट से अंदर घुसने पर हमने देखा कि दूर तक फैले हुए खेतों के बीच में पहले एक किचेन और डाइनिंग हॉल था, जिसके सामने बरामदा, लॉन और फिर नौकायन हेतु बहुत लंबा-चौड़ा तालाब बना था, जिसके बीच में एक ओर से दूसरी ओर जाने के लिए पुराना पुल बना था, और अंत में बायीं ओर आधुनिक स्विमिंग पूल था। उसके पार घना वन था। दायें और बायें दूर-दूर एकांत में स्थित चार कॉटेज थीं तथा दाहिने कोने पर वालिया हाउस था, जो वहीदा जी के समय में इसके प्रबंधक वालिया साहब का निवास हुआ करता था।

कालागढ़ बाँध

स्नान-ध्यान के उपरांत हम सबने डाइनिंग हॉल में सुस्वादु भोजन किया। इसकी विशेषता यह थी कि नरेंद्र कुमार गुप्ता की अपनी गायों के दूध का दही व घी तथा उनके अपने केन-क्रशर का मेवा-मिश्रित गुड़ खाने को मिला। कुछ देर तक विश्राम करने के उपरांत हमलोग कालागढ़ बाँध देखने चल दिए। नरेंद्र कुमार गुप्ता और उनकी पत्नी मधुश्री भी हमलोगों के साथ थे। नरेंद्र गुप्ता जी ने रास्ते में बताया, "यह बाँध रामगंगा नदी पर बना हुआ है। यह मिट्टी से बना अपने प्रकार का अनोखा बाँध है। इसका निर्माण 1961 से प्रारंभ होकर 1974 तक चला था। इसकी ऊँचाई 128 मीटर व लंबाई 735 मीटर है। पूर्ण क्षमता पर चलने पर इससे लगभग 200 मेगावाट विद्युत उत्पन्न होती है। जलाशय के एक भाग में सोत नदी पर एक सैडिल डैम भी बनाया गया है। बाँध के निर्माण के समय उनके बड़े भाई श्री महिपाल शरण गुप्ता यहाँ नियुक्त थे और इसके मुख्य अभियंता थे।"

उन्हीं दिनों मैं भी एक बार यहाँ आया था और मुझे याद है कि मिट्टी बार-बार धँस जाने के कारण टनेल बनाने में अभियंताओं को बड़ी कठिनाई का सामना करना पड़ रहा था और फिर उसका निर्माण एक प्राइवेट कंपनी से कराया गया था।

एक घंटे में हम बाँध के निकट आ गए। 28 अक्तूबर की उस प्रातः खूब पानी बरसा था और अभी भी घने बादल छाये हुए थे, जिससे बाँध के आने के पहले से शुरू हुआ घना जंगल और घना लग रहा था। जंगल में कच्ची सड़क के किनारे

यहाँ-वहाँ पर बाघ, हिरन आदि जंगली जानवरों और पक्षियों, जो वहाँ पाए जाते हैं, के बड़े-बड़े चित्र लगे हुए थे, और हम दम साधे उनके सामने आ जाने को आकुल हो रहे थे। यद्यपि हमलोगों को कोई वनपशु नहीं मिला, परंतु डैम पर पहुँचकर यह ज्ञात हुआ कि जलाशय के उस पार पौड़ी-गढ़वाल का ढिकाला वनक्षेत्र है, जहाँ सैलानियों को हिरनों, हाथियों तथा बाघों के झुंड प्रायः देखने को मिल जाते हैं। उनमें से कभी-कभी कुछ जानवर इधर भी आ जाते हैं। बादलों की लुकाछुपी के कारण जलाशय का दूर-दूर तक फैला जल अनेक रंगों की छटाएँ दिखा रहा था। हमलोग देर तक बाँध पर टहलते रहे। बाँध के दूसरे छोर पर एक स्मारक, जो बाँध के बनने के दौरान प्राणाहुति देने वाले कर्मियों की श्रद्धाजनक स्मृति हेतु बना था, को देखकर हमलोग भावुक हो गए। वारिद-आच्छादित आकाश के नीचे उस एकांत में स्मारक के दोनों ओर खड़े खजूर के दो वृक्ष और उनसे गिरे बड़े-बड़े सूखे पत्ते एक रहस्यजनक वातावरण प्रस्तुत कर रहे थे।

कालागढ़ बाँध से लौटकर हमने रिजॉर्ट में गरमागरम चाय पी और फिर नरेंद्र गुप्ता जी के घर को चल पड़े। वहाँ एक विशाल हॉल में गायन, वादन एवं काव्यपाठ का आयोजन था। परंतु उससे पूर्व संचालक अरुण शर्मा ने नरेंद्र गुप्ता जी को और फिर मुझे मंच पर बुलाकर यह बताने को कहा कि हम दोनों की मित्रता कैसे हुई थी और इतने लंबे समय यानी 1957 से अभी तक कैसे कायम थी। इसमें हम दोनों द्वारा पढ़ाई के दौरान की होस्टल जीवन की अंतरंग बातें भी बतायी गईं, जिनका सबने रसास्वादन किया। अर्धरात्रि में हम जब रिजॉर्ट को लौटे तो वहाँ का एकांत और हवा चलने से उत्पन्न पत्तों की खरखराहट बड़े रोमांचकारी लग रहे थे।

दूसरे दिन नाश्ते के पश्चात जब हमलोग पौड़ी को चलने लगे तो मधुश्री जी ने हम सब के लिए गुड़, पट्टी आदि अनेक चीजें खाने के लिए रख दीं। उन्होंने यह भी कहा कि हम 31 तारीख को जब ऋषिकेश पहुँचेंगे, तब वह भी वहीं आ जाएँगे और साथ-साथ रहेंगे। हम सब उनके अपनेपन से अभिभूत हो रहे थे।

सिद्धबली हनुमान

धामपुर से चलकर लगभग एक घंटे में हमलोग उत्तराखंड के प्रवेश-द्वार अर्थात् कोटद्वार पहुँच गए। यह दूरी लगभग 45 किलोमीटर थी। वहाँ से पौड़ी की लगभग 100 किलोमीटर की दूरी रह गई थी, परंतु अब लहराते सर्प जैसा पर्वतीय मार्ग था। वहाँ प्रवेश स्थल पर हमारी बस को रोक लिया गया और उत्तराखंड प्रवेश की फीस भरनी पड़ी तथा अप्रदूषण प्रमाण-पत्र लेना पड़ा। दोनों में लगभग ढाई हजार रुपये

एवं आधे घंटे का समय लगा। कोटद्वार कस्बे के पार होते ही दाहिनी ओर ऊँचाई पर सिद्धबली हनुमान का मंदिर स्थित था। नीचे बस के लिए पार्किंग स्थल और शौचालय भी था। इतनी ऊँचाई पर चढ़ पाने की असमर्थता के कारण मेरी पत्नी नीरजा बस में ही रुक गईं। उन्हें ऊपर न चढ़ पाने और सिद्धबली के दर्शन न कर पाने की बड़ी कसक थी। उन्होंने बताया–"चाची नीरजा की सासू माँ अपनी पूजा के दौरान प्रायः सिद्धबाबा का नाम लिया करती थीं। मुझे लगता है कि वह यही सिद्धबली हनुमान जी रहे होंगे।"

हमने माथे पर बाँधी जाने वाली गेरुआ पट्टियों, गेरुआ लंगोटों, सिंदूर, चंदन, नारियल, मूर्तियों, इलायची दानों, गुड़ आदि से सजी-सजाई रंगीन दुकानों में से एक से प्रसाद खरीदा और पक्की सीढ़ियों से ऊपर चढ़ने लगे। चढ़ाई हमें थकाने के लिए पर्याप्त थी और हनुमान के वंशजों से प्रसाद को बचा पाना काफी कठिन हो रहा था। हाँ, उनकी इतनी कृपा अवश्य थी कि वे प्रसाद छीनने का प्रयास तो अवश्य करते थे, परंतु न तो हमें काटते थे और न अपने नाखून हमारे लगने देते थे। मंदिर की दीवारें उत्तराखंड के अन्य अनेक मंदिरों की भाँति गेरुआ रंग से पुती हुई थीं। भक्तगण के माथे पर पुजारी महाराज गेरुआ रंग का टीका लगा रहे थे। हनुमान जी की मूर्ति गेरुआ रंग से पुती थी और बाहर उछल-कूद करते वानर भी गेरुआ रंग के थे। संपूर्ण दृश्य बड़ा चित्ताकर्षक था। मंदिर के बाहर बड़ा-सा प्रांगण था, जहाँ से पहाड़ और वन के बीच से बहने वाली खोह नदी बड़ी मनोहारी लग रही थी। यह बरसाती नदी है और इस समय नदी सूखी थी और उसमें केवल शंकर जी की बटिया (वेग से बहने वाले पानी द्वारा दीर्घवृत्ताकार तराशे हुए प्रस्तर) ही दिखाई दे रही थी।

गुमखाल

सिद्धबली के मंदिर के प्रांगण से निकलकर हमारी बस जैसे ही चली थी कि एक तीव्र मोड़ पर उसका बायाँ पहिया इतना बायें चला गया कि सड़क पर उधर लगा रोक का पत्थर चटर-पटर टूटने लगा। मुझे आशंका हुई कि सिद्धबली हम योगियों पर कहीं इतने प्रसन्न तो नहीं हो गए हैं कि अविलंब अपनी निकटता उपलब्ध कराकर कृतार्थ करने का मन बना लिया हो। परंतु बस वहाँ से शीघ्र सुरक्षित निकल गई। हाँ, मैदान से आए बस के ड्राइवर की योग्यता के विषय में मेरे मन में आशंका का ऐसा स्थायी भाव भर गया, जिसने पूरी यात्रा मेरा साथ नहीं छोड़ा।

आगे का मार्ग बड़ा मनोरम था–इसमें एक ऊँचे पर्वत शिखर पर स्थित गुमखाल नामक ग्राम, जिसके आस-पास का वन मादक सुगंध प्रवाहित करते चीड़ के वृक्षों

से आच्छादित था, का उल्लेख आवश्यक है। हिमालय के पर्वतों पर लगभग तीन सौ पचास मीटर की ऊँचाई तक सर्वाधिक वृक्ष साल के, फिर पाँच सौ पचास मीटर की ऊँचाई तक चीड़ के और उसके ऊपर देवदार के सर्वाधिक वृक्ष पाए जाते हैं। देवदार के वृक्ष प्रायः तपस्यारत ऋषि सम सीधे खड़े रहते हैं, परंतु चीड़ के वृक्षों की डालों में लगे सुईनुमा पत्तियों के गोले ऐसे फूले रहते हैं जैसे मोटे-ताजे शिशु के गाल, और हवा के चलने पर वे ऐसे हिलने लगते हैं मानो शिशु खिलखिलाने लगा हो। चीड़ के वृक्षों से घिरा गुमखाल भी ऐसा ही शिशु सम खिलखिलाता गाँव है।

गुमखाल के उपरांत सड़क नीचे जाने लगी और सतपुली कस्बा तो नीचे बहने वाली मधुगंगा नदी के स्तर से कुछ ही ऊँचाई पर था। चाय पीने को हम रुके तो चाय वाले ने बताया, "इस गाँव को सतपुली इसलिए कहते हैं क्योंकि कोटद्वार से यहाँ के रास्ते में सात पुल पड़ते हैं। पहले यह इतना नीचे बसा था कि 1952 में मधुगंगा में आई तेज बाढ़ में लगभग पूरा गाँव बह गया था। बस अड्डे पर खड़ी बस भी बह गई थी। यहाँ इस बाढ़ में मरने वालों का एक स्मारक भी बना हुआ है। अब तो यह गाँव एक प्रगतिशील कस्बा जैसा दिखता है...यहाँ का माँछी-भात खाकर जाइए, बड़ा स्वादिष्ट होता है।"–कहते हुए चायवाले ने हमलोगों को गरम-गरम चाय और पकौड़ी का रसास्वादन कराया। हमलोग चाय वाले को धन्यवाद कहकर आगे चल दिए।

सतपुली कस्बे के आगे चलने पर आस-पास पर्वत की पथरीली जमीन को समतल कर बनाये गए सीढ़ीनुमा खेत अनोखा दृश्य प्रस्तुत कर रहे थे। हममें से अधिकांश पुरुष अपने-अपने कैमरों में प्रकृति की इस सुंदरता को कैद कर रहे थे और महिलाएँ गायन और अंत्याक्षरी में व्यस्त हो गई थीं। रंजना पांडे जी, जो स्वयं उच्चस्तरीय गायिका हैं, उन सब की लीडर थीं। वह फिल्मी गानों के अतिरिक्त 'बेडु पाको बारुमासा', 'हिटो दिदी, हिटो भुला' जैसे जनप्रिय पहाड़ी गाने भी गा रही थीं। फिर जोक कहने का कार्यक्रम भी चला, जिसमें कई छुपे रुस्तमों ने भी भाग लिया। इस प्रकार सूर्यास्त से पहले ही हमलोग पौड़ी पहुँच गए।

पौड़ी

पौड़ी काफी ठंडा था क्योंकि यहाँ की ऊँचाई समुद्र तल से 1800 मीटर (लगभग 6000 फुट) है। हमारे रुकने का प्रबंध गढ़वाल मंडल के टूरिस्ट रेस्ट हाउस में था। यह कस्बे से काफी ऊपर है और यहाँ से नंदादेवी, त्रिशूल, गंगोत्री, नीलकंठ, केदारनाथ, चौखंबा, हाथी पर्वत, सुमेरु आदि हिमाच्छादित चोटियों की शृंखला अत्यंत

भव्य दृश्य प्रस्तुत कर रही थी। गढ़वाल मंडल का यहाँ का टूरिस्ट रेस्ट हाउस काफी पुराना था और उत्तराखंड के अन्य रेस्ट-हाउसेज की तुलना में कम अच्छा था। परंतु कहावत है कि 'मन चंगा तो कठौती में गंगा', सो हम सब चाय-पानी लेकर पौड़ी की छटा देखने में मग्न हो गए। पर्वतीय इलाकों में रात्रि में नगर की शोभा ऐसी हो जाती है, जैसे दीपावली हो। पौड़ी भी अपवाद न था, वरन कृष्ण पक्ष होने के कारण पीले, लाल, नीले बल्ब और ही बिहँसते दिखाई दे रहे थे। सुदूर पर्वतीय एकांत में स्थित एक-दो घरों में प्रकाशित बल्ब दूर से देखने पर रोमांच पैदा कर रहे थे। प्रातःकाल उठकर मैंने कुछ मोहक चित्र अपने कैमरे में लिए।

देवप्रयाग

हमारा अगला पड़ाव न्यू टेहरी था, जो देवप्रयाग के मार्ग से 115 किलोमीटर था। यद्यपि रेस्ट-हाउस वालों ने बताया कि पौड़ी में कतिपय मंदिर एवं दर्शनीय स्थल हैं, परंतु समयाभाव के कारण हमलोग ब्रंच लेकर वहाँ से चल दिए। पर्वतीय मार्ग पूर्ववत मनोहारी था, परंतु लगभग 1 बजे जब दूर से गंगा दिखाई देने लगी, तो उसकी नीलवर्ण छवि हमारे चित्त में बस गई। काश, हम मैदानी क्षेत्र में गंगाजल की इस स्वच्छता का एक अंश भी रख पाते! देवप्रयाग कस्बा गंगा के उस पार था और उसके आने से पूर्व एक पुल पड़ा, जहाँ चाय-पानी की दो दुकानें थीं तथा सार्वजनिक शौचालय भी था। वहाँ गाड़ी रोककर हमलोग गंगाजी की छटा कैमरों में कैद करने लगे। एक चाय की दुकान पर चायवाला वेशभूषा से पंडित लग रहा था। उसे सबके लिए चाय का ऑर्डर देकर मैंने देवप्रयाग के विषय में पूछा तो वह विस्तार से बताने लगा, "देवप्रयाग बद्रीनाथ से आने वाली नदी अलकनंदा एवं गंगोत्री से आने वाली भागीरथी का संगम स्थल है। यहाँ से ही इन्हें गंगा कहा जाता है। ऋषिकेश यहाँ से 70 किलोमीटर दूरी पर है और यहाँ की ऊँचाई लगभग ढाई हजार फुट है। बद्रीनाथ से यहाँ तक अलकनंदा नदी पर अन्य प्रयाग भी हैं, जहाँ कोई-न-कोई नदी अलकनंदा में आकर मिलती है–विष्णुप्रयाग, नंदप्रयाग, रुद्रप्रयाग। ऋषि देवशर्मा ने यहाँ तपस्या की थी और उन्हीं के नाम से यह स्थान देवप्रयाग कहलाया। आदिगुरु शंकराचार्य के साथ 8वीं सदी में दक्षिण भारत से आये हुए ब्राह्मणों ने इसी को अपना निवास स्थान बनाया था, क्योंकि बदरीधाम में शरत ऋतु में जीवन असंभव था। यहाँ के उद्‌भट विद्वान चक्रधर जोशी जी का नाम तो सुना होगा, जिन्होंने यहाँ नक्षत्र वेधशाला भी स्थापित की है।"

हमें चाय के प्याले थमाने के पश्चात वह पुनः बोलने लगा, "नदियों के संगम

स्थल से आप देखिएगा, तीन पावन शिखर दिखाई देंगे–गिद्धांचल पर्वत, जहाँ रघुनाथ मंदिर है, दशरथांचल पर्वत और नरसिंहांचल पर्वत। शिवरात्रि के अवसर पर यहाँ बहुत बड़ा मेला लगता है...”

पंडित जी कुछ और बोलते कि तभी किरन जी फोटो खिंचाने को कहने लगीं। फोटो खींचकर हम आगे चल दिए। संगम स्थल का दृश्य सचमुच अविस्मरणीय था।

हाँ, एक बात और कि चाय की दुकान पर मैं देवप्रयाग का वर्णन सुनने में इतना मस्त हो गया था कि अपना आई-पैड चाय की मेज पर ही भूल गया। लगभग एक किलोमीटर आगे पहाड़ पर चढ़ते ही ऊँचाई से संगम इतना सुंदर दिखने लगा कि फोटो लेने की इच्छा बलवती हो गई और बस को रुकवा दिया। तब देखा कि आई-पैड तो है ही नहीं, फोटो कैसे लूँ! तब बस का युवा कंडक्टर दौड़कर नीचे गया और आई-पैड मेज से उठा लाया। यद्यपि दुनिया बहुत तेजी से बदल रही है, पर पहाड़ पर अभी भी दूसरे की चीज न चुराने की परंपरा चल रही है।

न्यू टेहरी

दोपहर ढलने से पहले हम देवप्रयाग से टेहरी के लिए चल दिए–कहीं सलिला की नीलवर्ण धारा के साथ चलते, तो कहीं उठते-ढलते पर्वत के साथ। टेहरी नगर आने के पूर्व ही टेहरी बाँध आ गया–विशाल जलाशय एवं विशाल बाँध। बाँध के किनारे एक सूचना पट्टिका देखकर हम रुक गए। इसमें लिखा था कि 575 मीटर लंबा यह बाँध अपने तल से 260 मीटर ऊँचा है। जलाशय की लंबाई लगभग 65 किलोमीटर और औसत चौड़ाई लगभग 3 किलोमीटर है। इसकी क्षमता 1000 मेगावाट विद्युत उत्पादन करने की है।

हम देर तक उस बाँध की भव्यता को निहारते रहे, जिसमें पुराना टेहरी नगर समाया हुआ था। यह सोचकर रोमांच हो आया कि महाराजा टेहरी का भव्य महल भी इसी जलाशय में समाधिस्थ है।

सायं होते-होते हम टेहरी में गढ़वाल मंडल के टूरिस्ट रेस्ट हाउस पहुँच गए। यह रेस्ट हाउस भी लगभग पंद्रह सौ मीटर ऊँचाई पर स्थित है और संपूर्ण टेहरी नगर की भाँति नवनिर्मित है। इसके कमरे बड़े और आरामदायक हैं। रात में हम निकटस्थ बाजार में घूमते रहे और फिर रेस्ट हाउस की छत से रात्रिकालीन पर्वत छटा निहारते रहे।

चंबा

प्रतिदिन की भाँति 31 अक्तूबर को भी ब्रंच लेने के पश्चात हमलोग मसूरी के रास्ते से ऋषिकेश के लिए चल दिए। आधा घंटा चलने के उपरांत श्वेत रंग से रँगे घरों वाला चंबा गाँव पड़ा। चंबा का नाम सुनकर हममें से अनेक पुरुषों के मन में कौतूहल जागा और अशोक कुमार पांडे जी पूछने लगे, "क्या यही वह चंबा है जहाँ की सुंदरियों का वर्णन प्राचीन पुस्तकों में मिलता है और उनके गालों की तुलना सेब के रंग-रूप से की जाती है?"

मैंने पांडे जी को बताया कि वह चंबा तो हिमाचल प्रदेश में है। इस जानकारी पर उनका चेहरा निराशा से उतरता देखकर मैंने कह दिया, "आप ध्यान से देखते रहें। यह कुमाऊँ है–यहाँ की नवयौवनाएँ भी अप्सराओं से कम नहीं हैं।"

इतना सुनते ही सभी पुरुषों की गिद्धदृष्टि चंबा के गली-कूँचों में और छतों पर अप्सराओं को ढूँढ़ने लगी।

सुरखंडादेवी मंदिर

चंबा से चलने पर आधे घंटे में हमें सड़क के किनारे एक गेट मिला जिस पर लिखा था 'सुरखंडा देवी मंदिर मार्ग–दूरी डेढ़ किलोमीटर'। पैदल की चढ़ाई होने के कारण हमारी वहाँ जाने की हिम्मत नहीं पड़ी और दर्शन की इच्छा को नियंत्रित कर हम आगे बढ़ लिए। एक किलोमीटर भी नहीं चल पाए थे कि सामने की पहाड़ी के सुदूर शिखर पर स्थित सुरखंडा देवी मंदिर दिखाई पड़ा। हमने सड़क पर गाड़ी खड़ी करके दूर से ही दर्शन किए क्योंकि वहाँ से जाने में भी लगभग एक किलोमीटर चढ़ाई चढ़नी पड़ती, और हममें से अधिकांश सीनियर सिटिजन थे। हम सभी जानते हैं कि प्रायः मंदिरों का माहात्म्य उन तक पहुँचने की कठिनाई से आँका जाता है और यह मंदिर भी अत्यंत माहात्म्य संपन्न बताया गया। हमने दूर से उसके फोटो लिये।

धनौल्टी एवं मसूरी

सुरखंडा देवी से आगे बढ़ने पर महिलाएँ फिर बस में धमाल मचाने लगीं, अतः पता ही नहीं चला कि कब धनौल्टी आ गया। हमलोग कुछ देर के लिए धनौल्टी ईको-पार्क पर रुके और कुछ लोग ऊपर शिखर तक गए। इस पार्क में विभिन्न प्रकार के वृक्ष रोपित किये गए हैं। वहाँ से लगभग पौन घंटे के बाद मसूरी आ गया। वहाँ लाइब्रेरी प्वाइंट की भीड़ देखकर मुझे लगा कि चलते चला जाए, परंतु अनेक महिलाओं ने घूमने की इच्छा प्रकट की। वे घुमाई के नाम पर गईं परंतु हेमलता जी, जॉली जी,

किरन जी आदि महिलाएँ लौटीं तमाम वस्त्रों की खरीदारी करके।

मसूरी पहुँचने के पहले ही नरेंद्र गुप्ता का फोन आ गया था कि मसूरी-देहरादून के रास्ते पर मसूरी से पाँच किलोमीटर की दूरी पर सड़क के किनारे कमल कॉटेज है, वह सपरिवार वहीं लंच के लिए प्रतीक्षा करते मिलेंगे। गुप्ता जी ने वहाँ एक फ्लैट लिया है, उसका गृह-प्रवेश हमलोगों की उपस्थिति में संपन्न हुआ। हवन के लिए पंडित जी भी उनके साथ आए थे। कमल कॉटेज में अनेक फ्लैट थे। अपराहून में इनके फ्लैट में सूर्य देवता अपनी पूरी तेजी से ऊष्मा बिखेर रहे थे। नीचे गहरी घाटी और ऊपर खुला आसमान दोनों बड़े प्यारे लग रहे थे।

ऋषिकेश

गुप्ता जी के चलने के पहले ही हम ऋषिकेश के लिए चल दिए, क्योंकि उन्हें अन्य काम निबटाकर आना था। जब वहाँ पहुँचे तो रात्रि हो चुकी थी, क्योंकि बड़ी पूछताछ करने के पश्चात ही हम सोमानी भवन पहुँच सके। इस पूछताछ से आई झुंझलाहट कलकल करती गंगा के किनारे स्थित सोमानी भवन पहुँचकर स्वतः समाप्त हो गई। मैं एवं मेरी पत्नी नीरजा द्विवेदी तो वहाँ जल्दी सो गए, क्योंकि हमें दूसरी सुबह जल्दी हरिद्वार जाना था, परंतु अन्य लोग लक्ष्मण झूला से और स्वर्गाश्रम के किनारे स्थित सीढ़ियों से रात्रि के सन्नाटे में गंगा माँ के जल की कलकल सुनते रहे। दूसरी प्रातः अल्पाहार लेकर हम सभी लोग गंगा जी के किनारे पहुँच गए। प्रातःकाल मंद गति से वायु बह रही थी और आकाश में यत्र-तत्र मेघ के टुकड़े अठखेलियाँ कर रहे थे। हम कल्पनालोक में खोए-से देर तक वह दृश्य देखते रहे। फिर अनेक फोटो खींचने-खिंचवाने के उपरांत मैं एवं नरेंद्र गुप्ता सपत्नीक हरिद्वार को चल दिए क्योंकि हम दोनों की विवाह की स्वर्ण-जयंती के उपलक्ष्य में वहाँ शांति-कुंज में हवन का आयोजन था। रास्ते में हम अपने मित्र श्री प्रकाश दीक्षित और उनकी पत्नी से मिलने स्वामी राम आश्रम भी गए। सूरीनाम में प्रोफेसर पद से सेवानिवृत्त होकर श्री दीक्षित इस आश्रम में बस गए हैं और मैं इसे पिछले 15 वर्ष में कई बार देख चुका हूँ। साधकों के श्रम एवं सूझ-बूझ से बेकार पड़ी भूमि को इतना चित्ताकर्षक बना देने पर मैं अत्यंत प्रभावित हूँ।

हरिद्वार

हरिद्वार पहुँचकर हम सीधे शांति कुंज गए। आचार्य श्रीराम शर्मा द्वारा स्थापित शांति कुंज क्षेत्रीय विस्तार में बहुत बड़ा होने के बावजूद रात-दिन चहल-पहल से भरा रहता

है। देश-विदेश से आये हुए भक्तगण, गेरुआ वस्त्रधारी गुरुजन और शिष्य, यहाँ रहने वाले स्थायी एवं अस्थायी निवासी हर जगह और हर समय आते-जाते दिखाई देते हैं। भोजनालय में सहस्रों व्यक्तियों का भोजन पकता और वितरित होता रहता है। कैंटीन में भाँति-भाँति के प्रसाद बनते एवं बिकते रहते हैं। एक स्थान पर आचार्य और उनके शिष्यों की लिखी पुस्तकें बिकती रहती हैं। हमें बताया गया कि आचार्य श्रीराम शर्मा ने स्वयं लगभग दो सहस्र पुस्तकें लिखी थीं। कहीं-कहीं हवन, पूजन, प्रवचन होता रहता है। शांति कुंज का अपना शोधस्थल है और विश्वविद्यालय भी है। डॉक्टर ओम प्रकाश शर्मा और उनकी पत्नी डॉ. गायत्री शर्मा, जिन्होंने अपना संपूर्ण जीवन इसी सेवा में अर्पित कर दिया है, ने हमारे विवाह की स्वर्ण-जयंती पर पूर्ण विधि-विधान से हवन का आयोजन किया। आचार्य श्रीराम शर्मा के जीवन काल में इन्होंने मेरी जन्म-तिथि के अवसर पर हमें उनके दर्शन भी करवाए थे।

हमारे मध्याह्न भोज समाप्त करते-करते ऋषिकेश घूमकर शेष लोग भी आ गए। फिर वे लोग हरिद्वार के दर्शनीय स्थानों को देखने चले गए और हमलोग विश्राम करने लगे। सायं पाँच बजे हम सभी लोग वी.आई.पी. घाट से गंगा आरती देखने वहाँ चले गए। यह घाट हर की पौड़ी के ठीक सामने स्थित है। वहाँ से गंगा आरती अत्यंत भव्य दिखाई देती है। हम वहाँ बैठकर देर तक ठंडी हवा का आनंद लेते रहे। अद्‌भुत दृश्य था—सामने हर की पौड़ी पर गंगा मंदिर, उसके ऊपर रंग-बिरंगे भवन, उनके ऊपर वन, फिर पर्वत-शिखर पर मंसा देवी का मंदिर और सबसे ऊपर विशाल आकाश। हमारे पीछे दूर शिखर पर चंडी देवी मंदिर था। तभी जल में सैकड़ों दीप प्रवाहित होते दिखे और फिर प्रारंभ हो गई रोमांचक गंगा आरती। पर्वतों के मध्य गूँजती आरती के घंटों की गूँज समस्त ब्रह्मांड को कंपायमान और हमारे कर्ण-छिद्रों के मार्ग से प्रवेश कर हमारे अंतस्तल को गुंजायमान कर रही थी।

शांति-कुंज लौटकर रात्रि-भोज लेने के पश्चात जब हमलोग गपबाजी में जुटे थे, तो मैंने पालीवाल जी से कहा कि फोन से चेक कर लीजिए कि रात्रि में 11:50 बजे लखनऊ जाने वाली हमारी ट्रेन लेट तो नहीं है। चेक करते-करते उनके चेहरे पर हवाइयाँ उड़ने लगीं। फिर उन्होंने धीरे से बताया कि जिस ट्रेन में हम सबका आरक्षण था, वह तो साढ़े आठ बजे ही चली गई है। मैंने पुनः चेक किया तो कंप्यूटर ने वही बताया क्योंकि बात सही थी। मैं हतप्रभ हो गया क्योंकि त्रुटि मुझसे हुई थी। मैंने रात 11:50 बजे वाली ट्रेन से आरक्षण कराने की सोची थी, परंतु पूरी सीटें न मिल पाने पर अंतिम समय में साढ़े आठ बजे की ट्रेन से आरक्षण करा लिया था। तब से तीन माह बीत चुके थे और मैं इस परिवर्तन को भूल गया था। चूँकि पहली नवंबर

से अनेक ट्रेनों के टाइम बदल जाते हैं, अतः टिकट पर ट्रेन का टाइम लिखा नहीं था। इसलिए मैंने सभी को 11:50 बजे रात का टाइम बता रखा था। मुसीबत पड़ने पर मेरी पत्नी ने मुझे अपने पुराने विभाग की याद दिलाई और मैंने हरिद्वार के पुलिस अधीक्षक से टेलीफोन मिलाकर उनको समस्या बताई। उन्होंने कहा स्टेशन पहुँचिए, कुछ हल निकालता हूँ। वहाँ जी.आर.पी. के थानाध्यक्ष की सहायता से हम बारहों लोगों को 11:50 बजे रात्रि की ट्रेन में बर्थ मिल गई।

बर्थ पर पहुँचते ही हँसी-खुशी का माहौल वापस आ गया और सभी कहने लगे कि आते समय सोनी जी पर एक पार्टी ड्यू हुई थी, लौटते समय द्विवेदी जी पर भी एक पार्टी ड्यू हो गई। लखनऊ वापस पहुँचने की अगली प्रातः योग कक्षा के दौरान जब इस मनोहारी यात्रा का विवरण यात्रा पर न जाने वालों ने सुना, तो उनमें से कई अनायास बोल पड़े, "सोनी जी और द्विवेदी जी पर ड्यू पार्टियाँ तो अब धामपुर और पौड़ी चलकर वहीं लेंगे।"

इंडिका इन्फोमीडिया, नई दिल्ली द्वारा लेजर टाइपसेट एवम्
मुद्रक : इनफिटी एडवरटाईजिंग सर्विसिसेज, फरीदाबाद